改作お伽話
桃太郎はじつは猿に裏切られていた!?

千里元之
Motoyuki Senri

文芸社

はじめに

浦島太郎や猿蟹合戦などの日本のお伽話は誰もが知っているであろう。子どもの頃に親に読み聞かせてもらったり絵本で見たりしているはずである。お伽話は、子どもにとってはおもしろく、また、社会や生き方について教えてくれるものでもある。だが、大人にとってはどうだろうか。大人が読むものではないと思っているのではないだろうか。

この本は、日本のお伽話を、大人が読んでもおもしろく、また、考えさせられるものにと作り直したものである。長くて複雑なものを短く単純にしたものではない。その逆で、短くて単純なものを長くて複雑なものにしたのである。ということは、筆者が何かを自分で盛り込まなくてはならない。この本では、筆者が、人間の社会と人間の生き方について長年考えた結果、心の奥底に沈殿したものを付加した。子どもの頃にお伽話に接した人がこの本を読めば、なるほどと感心したり、おもしろいと思ったりし、また、心にじわりと沁みるものもあったりするのではと期待している。

もし、本編を読んで、おもしろくない、また何を言おうとしているのかよくわからない、という人がいたら、「作品説明」で、改作とは何か、それぞれの作品で何を言いたかったか、を簡単に説明したのでお読みいただきたい。だが、「作品説明」を読んで意図がやっとわかったというのは筆者の本意ではない。読んで何となく感じるものがあれば、それを大切にしてほしい。理屈ではなく感性で読んでほしいというのが筆者の希望である。

小さい頃に読んだ「お伽話」を懐かしみながら、こういう物語でもあるのか、と楽しんでいただければ幸いである。

もくじ

改作お伽話

桃　太　郎

1

朝方である。おばあさんが戸をそっと開けて帰ってきた。おじいさんは、まだ布団の中にいたが目は覚ましていた。

「ばあさんや、もうお宮参りはよしにしたらどうだろうかの」

「どうして？　朝のお参りは習慣だし、体にもいいし、目も覚めるし」

「子どもが授かりたくて参っていることはわかっておる。夫婦じゃ、それぐらいのことはわかる。だが、わしらはもう歳じゃ。子どもがおらぬのは、ばあさんのせいではなか。子どもは神様からの授かりものと言う。神様がくれなんだのじゃ。ばあさん、毎朝、もう何年もかかさず神様にお参りした。お前さんはどこも悪くねえ。神様がわしらに気がつかんかったんじゃろう」

おばあさんは少し寂しそうな顔をし、口を動かしかけたがやめた。そして、大きく深呼吸をした。

「おじいさん、ご飯はすぐ炊けます。急いで炊きますからの」

おばあさんは忙しく働きだした。おじいさんはゆっくり起き上がると布団《ふとん》をたたみ、仏壇の扉を開《ひら》き、神棚に手を合わせ、それから雨戸を開《あ》けた。家の中が急に明るくなった。そのうちに食事の支度が整った。食事をしながらおじいさんが話しかけた。

「なあ、ばあさん、貧しくはあるが二人でなんとか食ってはいける。病気もせん。これでいいではないか、先のことはそのとき考えればええ。今考えてもせんないことじゃ」

おばあさんはそれについては何も言わなかった。

「おじいさん、お汁のお代わり、どうですか」と聞いた。

おばあさんも子どもができないのはしかたがないと思っていた。だが、世継ぎがいなければ、この家は途絶えてしまう、それはあってはならないことであった。おばあさんは、そっとおじいさんの横顔を見た。鼻筋の通った凛々しい顔だ。先祖は、落ち武者ではあったが武士だったのである。その面影がおじいさんの横顔にはあった。おばあさんは、なおのこと、胸がしめつけられた。「この人は顔に似合わず、なんと心のやさしい人なのだろう」と思った。子どもができないことで、おじいさんから何か言われたことはなかった。

「おじいさん、お茶にしますか」

おじいさんは飯茶碗を前に出した。お茶がそそがれる。おじいさんはおしんこを一切れ口に入れ、お茶を飲んだ。それがいつものことであった。

おじいさんは昼間は山へ出かけた。炭焼きが主な仕事であった。おばあさんは家の周りの畑を手入れし、残った時間は川へ行った。魚を捕る腕前はなかったから川海苔を採ったりザリガニを捕ったりした。

先祖が落ちのびて来たとき、村のはずれになんとか住まわせてもらった。田は申し訳程度、少ない畑で自分たちの食べる稗《ひえ》、粟《あわ》、黍《きび》を作っていた。それと、おじいさんの炭焼きで、やっと暮らしていたのである。

2

夜の戸締まりは、おじいさんの仕事であった。

「これでよか」と戸につっかえ棒をした。

「ご苦労様、ではお茶にしましょう」とおばあさんはお茶を淹《い》れた。まだ寝るには少し早かった。

「おじいさん、炭のでき具合はどうですか」

「まあなんとか、いずれ町に売りに行ってなんぼかになろう。少しは銭が手に入ろう。何かほしいものはあるか」

「特に何も」

おばあさんは「赤子」と言いたかったが、それはお金で買えるものではなかった。

「ばあさん、米を少し買ってくるかの。稗や粟だけでは飯も炊けんでのう」

「なに、炊き方ですよ。食べるものがあれば、それで満足しないと」

「それもそうじゃな。あまりお金があってぜいたくしていると鬼に押し込まれるからな」

「ほんとにそうですね。貧乏している方が災いがなくてよいかもしれません」

「やはり鬼どもは荒らしておるかの」

「この村ではないけれど、隣の村に鬼が出たそうです」

「そうかね」

「隣村のよろず屋の喜久蔵さんがこのまえ襲われたそうです。裏で金貸しをしてるとのうわさのあるお人ですよ」

「たいそうな被害かの」

「鬼が四人来て金を出せと言われて、喜久蔵さんが銀貨を十枚出したら、よかろう、といって帰って行ったそうな。安堵したが、やはり裏の蔵が荒らされ、米や芋などもやられておったそうな。たいした被害ではないが、喜久蔵さんはおとなしく金を出し、よかろう、と言ったのに蔵も荒らしていくのは腹立たしいと言っておると。銀貨十五枚と思ったが十枚にしたことに鬼が腹を立てたかとも思うが、それはなかろう、鬼は知らぬのだから、とも言っているそうですよ」

「鬼は四人かね」

「家の人たちが見たのは確か四人。しかし、裏の蔵がやられたとなると別にもおったということになる、と言われております」

鬼が出るようになったのは、だいぶ前からである。隠れて商売をしているとか、あこぎな金貸しをしているとか、隠し田があるとかでお金を貯めた家だけが狙われた。いつも赤、青、緑、黄の四人で「金を出せ」という。出せばそれでおとなしく帰る。人を傷つけることはなかった。だが、それは表面的なことで、今回のようにその周辺で盗まれることはよくあり、たまには人が殺されることもあった。不幸にして、たまたま鬼と出くわした者が殺されたようであった。お金のない家はそう心配する必要はないのだが、鬼が出るということで人びとは恐れていた。おじいさんとおばあさんの家でも、貧乏暮らしだから鬼が来ることはまずあるまいと思っていたが、念入りに戸締まりはしていた。

翌朝、おばあさんはいつものように夜が明けはじめると起きた。それから神社へ行くのが日課であった。戸のつっかえ棒を取ろうとしたが何か妙に感じた。いつもより少し生温かいように思った。戸に顔を寄せてみた。何かをかすかに感じた。音はしない。何かが動いている様子はない。気のせいだろうか。おばあさんは怖くなり、戸を開けるのをためらった。

「おじいさん、おじいさん」

「何かね」

「いつもと様子が違うんですよ」

「鬼が来たかい」

「まさか、鬼が来るはずはないでしょう。でも、何か妙なんですよ。怖くて戸が開けられない。悪いけど戸を開けてくれませんか」

「気のせいだろう。どれ」

おじいさんはそう言いながら起き出して戸を開け、外を見回した。

「ほら、何もない。いつもと同じじゃ。心配はいらん。でも、お宮参りはもうよしてはどうかの」

　そのときである。おばあさんは恐れおののいて
「おじいさん、ほれ、足の下」と叫んだ。なんと布にくるまれた赤子が入り口に置かれていたのである。

「どうしたのじゃろう」

「どうしたも、こうしたも、かわいそうに」

　そう言いながらおばあさんが抱き上げた。

「まだ生きている。生きているどころか、元気がよさそう」

　おじいさんはあわてて外へ出て見回ったが、親と思われる人影はなかった。

「ばあさん、ともかく、家の中へ入れてやろう。そうじゃ、中に寝かせ、入り口は開けておこう。外から見えるように、親御さんが心配するかもしれんから」

　それから二人は上がり框《かまち》に布団を敷き、その赤子を寝かせた。

「ばあさんや、乳を飲ませてやれ」

「そう言われても私はお乳は出ませんよ。ただしゃぶらせるだけではかわいそうじゃ。まあ、よく見ると生まれてだいぶ経っている。これならなんでも食べられそう」

「じゃ、朝飯をいっしょに食べるか」

「おじいさん、稗飯は無理じゃ。お米をやわらかく炊いてやりましょう。私たちの食事はそのあとでよいですね」

「よいとも、よいとも」

お粥を作って食べさせると元気よく食べた。二人は一日出かけずにいたが誰も来なかった。

何もないままに日が暮れた。

「それにしても誰が置いていったのじゃろう」

「おじいさん、神様が私たちに授けてくれたのと違いますかね？」

「そう思いたいが、そうならば家の奥に置くじゃろう。あんな外にではなく」

「でも普通は赤子は泣き声を上げますが、まだ一度も泣いてないんですよ。普通の子ではありませんよ」

「ばあさんはそう思うじゃろう。あれだけ神様にお願いしたのじゃからの。そろそろ戸締まりをするか。そうだ、神様が授けてくれた子なら、こんな上がり框でなくもっと奥に寝かせよう」

二人は戸締まりをし、赤子を一番奥に寝かせた。場所を移したら赤子は初めて泣いた。

おばあさんがあわてて抱いたら泣きやんだ。夜はおばあさんの布団でいっしょに寝かせたらスヤスヤと眠った。

3

赤子はみるみる大きくなった。普通の子どもの倍ぐらいの速さであった。体は頑丈で足も速かった。肌の色は少し黒かった。鼻筋は通り目は鋭く、口はきりりとしていた。勝手に名前を付けていいものか迷っていたが、呼ばないわけにもいかない。男の子なので「太郎」と呼んだ。いつのまにかそれが名前のようになってしまった。

太郎は元気な子で村の方へ一人で遊びに出かけ、朝から夕方まで村の子どもたちに混ざって遊んでいた。しかし、それは太郎の方からの押しかけであって、村の子どもたちが気持ちよく仲間に入れてくれたわけではなかった。なぜなら、ある日突然姿を現したのが気味悪かったのと、見た目に少し異様なところがあったからである。

村のガキ大将が太郎に言った。

「お前のおとうは誰か、お前のおかあは誰か。みんな、お前は捨て子じゃと言っておる。それも人間の子どもではなくて鬼の捨て子じゃと。悔しかったらおとうとおかあを見せてみろ」

太郎は返答できずに家に帰った。

「おばば、俺は誰の子じゃ。おじじとおばばの子ではないのか。違うのか」

突然の質問におばあさんは困った。

「太郎、お前にはおじじとおばばがおる。それで何か不足か。困ることがあるか」

「みんなから言われた。お前のおとうとおかあは誰か。お前は拾われてきた。捨てたのは鬼じゃろうと。そんなことはないよね、おばば」

おばあさんは驚いた。捨て子には違いない。自分の子だと言い張るのも一つの手だが、村の大人たちがそれを認めまい。捨て子となると誰が捨てたのか。まさか鬼が……まさかと思った。太郎を見た。間違いなく人の子だ。成長が早いのと少し色が黒いだけである。

「お前が捨て子であるはずがない。鬼の子だなんてとんでもない」

「やっぱりおじじとおばばの子なんだ。そうだよね」

おばあさんは自分が産んだとは言えなかった。それでも拾ったとも言えなかった。そこで、前に聞いた桃という実があることを思い出した。

「太郎、お前はこの家で生まれた。それは確かだ。私が川へ行ったとき、桃という大きな実が流れてきた。それを家に持ち帰った。あまり立派なのでお仏壇に供えた。そうしたらどうだ、どんどん大きくなり、ポンと割れて赤子が出てきた。それがお前だ。それから、おじじとおばばで育ててきた。お前は特別な子なんじゃ」

太郎はそれを村の子どもたちに伝えた。しかし、

「え、桃から生まれた、それならその桃というものを見せてみろ、ウソに決まってら」と信じてもらえなかった。

おばあさんは、桃の実は太郎が生まれたあとに裏庭に埋めた、だから桃の実はもう残っていないと説明した。見せられないというつじつま合わせであった。

だが、不思議なこともあるものだ。裏庭に見たこともない木が生えてきた。そして、大きくなり、実をつけた。桃であった。おじいさんもおばあさんも太郎もその実を食べて、ますます元気になった。桃の実は村人たちの羨望の的であった。桃の木が生えたことで、おばあさんの説明もつじつまが合い、太郎は桃太郎と呼ばれるようになった。

4

鬼はあいかわらずあちらの村、こちらの町を荒らし、人びとを困らせていた。家にお金のある人は鬼を征伐しなければと言いだしていた。しかし、お殿さまも庄屋さんも相手が

鬼だけにどうすることもできなかった。

桃太郎は凛々しい青年になっていた。体は人一倍大きく、力は飛びぬけて強かった。その桃太郎にかつてのガキ大将が言った。

「おい、桃太郎、お前は立派ななりをしているが、鬼の征伐はできまい。いくら鬼じゃとて自分の親は討てまい」

「俺は鬼の子ではない」

「お前の家の先祖は落ち武者、宝物を隠し持っていると村では評判じゃ。なのに鬼が押し入らぬとは不思議ではないか。鬼もさすがに自分の子どもの家には押し入らぬということではないのか」

桃太郎は、誰かが鬼を征伐しなければならぬと思っていた。自分が征伐すれば鬼の子でないという証になる。それに気がついた。鬼を征伐し二度と町や村に来なくする、鬼に取られたお金を少しでも取り返してくれれば、みんなを喜ばせることにもなると思った。

「俺は鬼の子ではない。誰も鬼を征伐しないのなら俺がやってやろう。お前も助太刀《すけだち》するか」

ガキ大将に言った。

「助太刀は御免だ。だが、お前が鬼を征伐したら、これまで、鬼の子、と言ったことを取り消す。いや、詫びる。お前の言うことは何でもきく」

「よし、わかった。鬼は俺が征伐してくる。待っておれ」

桃太郎は家に帰り、おじいさんとおばあさんに話した。おばあさんは大反対である。

「太郎、お前はせっかく立派に育った。家の跡継ぎができたと喜んでいたのに。鬼に殺されたらどうします。だめです。おばばは許しません。これぱかりは許しません。反対です。大反対です」

「おばば、俺が鬼を征伐すれば、鬼の子でないとみんなが信じてくれる。鬼ごときに負けはせぬ」

そして桃太郎は思いもよらぬことを口にし、自分でも驚いた。

「俺は桃から生まれた桃太郎だ。日本一の武者じゃ。俺が鬼を征伐しないで誰がやれる。おばば、俺はあとには引かぬぞ」

おじいさんがいつになく威厳のある声で言った。

「早まるな」

「おじじ、俺は鬼の征伐に行く。そう決めている」

「太郎、早まるな、と言うておる。行くなとは申しておらぬ。わしはおばばとは違う。男には死を覚悟してもやらねばならぬこともある。わしは鬼の征伐はお前の役目とは思わぬが、お前がどうしてもやるというならやむをえぬと思う。しかし、男たるもの気持ちだけでやってはならぬ。まず気を静めることじゃ。相手は鬼じゃ。今のお前では歯が立たぬ。鬼に勝つには武術の腕を上げねばならぬ」

「おじじ、どうせよと言うのか」

「もし、鬼を征伐しようと思うなら、明日から山で腕をみがくのじゃ。そして、鬼に勝てるとなったら出かけるのじゃ」

「どうやって腕をみがく」

「わしが教えよう。先祖伝来の武術、わしにも多少は心得がある」

太郎は思わず身を乗り出した。

「せくな、明日からじゃ」

おじいさんの鋭い一言が太郎を制した。おばあさんはもう自分の出る幕はないとあきらめた。

5

太郎はおじいさんの炭焼きによくついて行き、手伝っていた。だが、その様子がこの日を境にがらりと変わった。おじいさんは当分自分が一人で炭焼きをしなければならないと覚悟し、気合が入っていたが、それだけではない。封印していた武術を太郎に仕込むことになったのである。久々に武士の血が騒ぐのを覚えた。

太郎がまず命じられたのは、走ることであった。これまでは、炭焼き窯までの道すがら、二人で山の植物や動物、気候などについて歩きながら話すのが常であった。おじいさんが太郎を跡継ぎにするための教育の時間である。その同じ距離を太郎は走るように命ぜられたのだ。おじいさんが片道歩く間に太郎は往復半を走る、それが二往復半、そして三往復半と距離を伸ばしていった。おじいさんは荷物を持って登り道、太郎は空身での登り下りということはあったが、おじいさんの片道の間に三往復半走るのは楽なことではなかった。三往復半でおじいさんといっしょに窯に着くのはそう簡単ではなかったが、続けているうちにできるようになった。

走り終わると目をつむって座っているように命じられた。おじいさんは黙々と仕事をしていたが、ときどき、木片や小石を投げつけてきた。その気配を感じてよける訓練である。頑張ればできるというものではなかった。しかしこれも、慣れるうちにおじいさんがどこにいるかわかるようになり、何かが飛んでくるとその気配を感じられるようになった。

最初の頃はその二つで一日が暮れた。おじいさんが仕事を終えると、二人で並んだり前後したりして歩いて帰った。帰りは太郎が荷物を持った。おじいさんは歩きながら兵法や武術の知識を話して聞かせた。繰り返し繰り返し話し、太郎の血肉になるように教えた。

走ることと、座って四方に気を配ることを身につけると、次は木刀の素振りをするように言われた。同じ動作の繰り返しであった。型を教えられるとそれを何百回、何千回、何万回と繰り返した。型はどんどん増えていき、百通りぐらいになった。両の手で行う型が多いが、右手だけの型、左手だけの型もあった。

型を覚えると、立ち合いのための稽古に入った。おじいさんも仕事を早く切り上げ、太郎の稽古に力を入れた。これまでやってきた型をつなげて連続の動作にしていく。おじいさんが手本を示し、太郎にまねをさせた。それができるようになると応用である。場面を想定して動くのである。おじいさんはそれをじっと見ている。また、おじいさんは小石を数個持ち、そのうちの一個を投げ、太郎がそれに気を取られているとさらにもう一個を投げる。そんな訓練で太郎はずいぶん上達した。

いよいよ立ち合いである。といっても、力はおじいさんより太郎の方が強い。いくら木刀とはいえ、太郎の太刀をおじいさんがまともに食らったら大変である。太郎は落ち着かない。

「太郎、打ち込んで来い」

「えい」

おじいさんはひらりとかわす。

「太郎、打ち込んで来い」

「えい」

おじいさんは、また、ひらりとかわす。

「打ち込んで来い」

「えい」

おじいさんはひらりとかわすと、木刀を太郎に打ち込んだ。少し手前で面や胴をぴたりと止める。寸止めである。明らかに勝負はあった。

「おじじ、参った」

「まだまだじゃ、太郎、かかって来い」

「えい」

おじいさんは、ひらりとかわすと太郎に打ち込み、寸止め。不思議なことに太郎はくたびれ、おじいさんは一向に疲れた様子がなかった。

立ち合いの一日目が終わった。

「俺が強いと思っていたが不思議だ。おじじはひらりとかわす」

「勝負というものは攻めては負けじゃ。攻めてきたところを攻め返す。それに、負けることを恐れてはならぬ。負けたくないと思って踏み込めば負ける。攻めると見せかけて攻めさせ、負けを恐れず踏み込ませ、そしてそれをかわして自分が踏み込む。太刀をかいくぐって初めて勝機じゃ」

「俺にできようか」

「訓練じゃ。訓練すればできる」

そしてまた、新しい訓練が始まった。おじいさんの太刀を太刀で受けずに身をかわす。勇気がなければできない。それには相手の木刀をぎりぎりでかわさないと成功しない。怖がってよけても、二の太刀でやられてしまう。木の枝に縄で丸太をつり、それを振ってよける練習などをした。太刀を太刀で受けるのが本来の剣術である。だが鬼は鉄棒《かなぼう》、太刀で受けることはできない。おじいさんはそれを考えて仕込んでいた。

ある日の帰り道であった。

「太郎、わしが教えるのはここまでじゃ。残念だが、これがわしの限界じゃ」

太郎はにわかに走りだし、十間ほど先に行くと荷物を下ろしてひれ伏した。

「ありがとうございました」

おじいさんはすばやく小石を拾って太郎に投げつけた。太郎はそれをさっとよけた。そして二人で微笑んだ。二人とも実にいい笑顔であった。

家に着いた。

「ばあさん。太郎は免許皆伝じゃ。もうわしが教えるものは何もない」

おばあさんは太郎が鬼征伐に行くと思うとうれしくない。

「そうですか」としぶしぶ返事をした。

「ばあさんや、太郎をほめてやらんのか。うれしくはないのか」

おばあさんは返事をしなかった。それでも、その夜のご飯はお米が多く、みそ汁の具も多く、干物だが尾頭付きの魚も出た。おばあさんはお祝いのお膳を用意したのである。食事が終わるとおじいさんが言った。

「太郎、いつ発《た》つ」

「早い方がいいと思います」

「供の者はどうするかね。腕を上げた、体は大きゅうなった、とはいえ、一人では戦えまい」

「道中で探しましょう。悪い鬼の征伐に行くのですから、加勢しようという者は必ずおりましょう。いなければ一人でなんとか」

鬼征伐の供をしてくれる者は簡単には見つからないだろうということはわかっていた。鬼を滅ぼすのではない、町や村へ来るなというだけだ。鬼が一人のときをねらえば、なんとかなろうと考えるしかなかった。

「わしが行ってやりたいが、もう歳じゃ。足手まといになるかもしれんし」

「いっしょになんてとんでもありません。おじじとおばばは、ここで待っていてください。必ず鬼を征伐して帰ってきますから」

おばあさんは泣きそうになっていた。おじいさんは立ち上がると梯子を持ってきて天井裏に登った。

「太郎、受け取れ」

おじいさんはそう言うと、天井裏からいろいろな物を次々に下ろした。鎧、刀、衣服などなど。

「ご先祖さまのものじゃ。隠し持っていたが役に立とうなどとは夢にも思っておらなんだ。太郎、これを身につけて、思う存分に働いてくれ。きっとご先祖さまが味方してくださるじゃろう」

太郎はあっけにとられた。貧しいわが家にこんな立派な武具があろうとは思いもしなかった。鬼征伐と言いながら、刀を用意することも考えなかった自分の未熟さを恥じた。

おばあさんが言った。

「太郎や、身に着けてみますか」

おじいさんが言った。

「明日でよかろう。今夜は枕元にこれを飾り、ご先祖さまの夢を見るがよかろう。わしも知らぬが、たいそう強かったそうじゃ」

準備もあるので出立は三日後ということにした。

6

いよいよ出立の朝となった。おばあさんがお宮参りに行ったのは言うまでもない。いつもより早く出かけ、少し時間がかかった。念入りにお参りしたに違いない。帰ると急いでご飯を炊き始めた。太郎におにぎりを持たせるので量が多い。二釜炊いていたが、それにはわけがあった。太郎に食べさせるために一釜はお米だけ、もう一釜はいつものようにお米に稗と粟であった。

「太郎、お茶碗をよこしな、おじじとおばばはあとで食べるから」

太郎は二釜炊いていたのに気がついていた。

「いつもの飯をいつも通り三人で食べよう。これが最後の飯ではない。だから、いつもと同じ飯でいい。おばば、そのかわり、鬼征伐をして帰ったらご褒美にお米だけのご飯を食べさせてくれ」

それもそうだと、三人でいつも通りの食事をし、太郎に持たせる三食分のおにぎりはお米だけのものになった。

さあ、身支度である。おじいさんは太郎の前に銅貨を三十枚置いた。

「太郎、これを持っていけ、路銀だ。供を抱えるには銭がいろう。道中食事もせねばならぬ。少ないが、ないよりましじゃろう。こんなことがあろうとは思ってもおらなんだが、ご先祖様が残してくれたものじゃ。全部使こうてよい」

それから金の小判を一枚取り出すと、大事そうに太郎の前に置いた。

「これはどうしても必要なときに使え。ご先祖さまが落ちのびたときに持っていた最後の小判じゃ。お守りのように大事に持っていたようだが、こんなことで役立とうとはな。ご先祖も喜んでおられよう」

おじいさんの目に涙が浮かんでいた。

おばあさんは複雑な気持ちでいた。太郎の道中の役に立つだろうと、黍《きび》団子を昨夜から寝ずにどっさり作っていたのだ。保存がきくので、いつまでも食べられる。なんとか飢えをしのげよう。それに黍団子は力をつけると言い伝えられていた。鬼と戦う力を与えてくれるはずだ。とはいえ、本当はお金の方が荷物にならず、都合がいいに決まっている。黍団子がじゃまになるのではないかという心配もあった。

太郎はそんなおばばを気づかって、こう言った。

「おじじ、ありがとう。銭は隠し持っていくよ。小判はお守りとして肌身離さず持っている。おばば、黍団子ありがとう。それは体中にぶらさげていく。そうすれば銭を狙われることもない。黍団子を道中食べれば百人力になるよ」

太郎は頭を畳につけて、おじいさんとおばあさんにお礼を言った。身支度をして表に出た。村には知れているのに、見送る人はほとんどいない。庄屋さんが来て、古い鉄扇を桃太郎に差し出してくれた。

「わが家に伝わる鉄扇だ。いいものだと聞いている。村の安全を祈るとき神社にお供えしていた。手に持てば武者らしくなろう。わしの代わりと思って持っていってもらいたい」

また、元ガキ大将も来ていた。

「銅貨だ。一つだが、とっておいてくれ。内緒だが家でくすねたものだ。俺はお前を鬼の子だなんて思っていない。桃から生まれた桃太郎だ。桃から特別の力をもらっているに違いない。鬼征伐をぜひ果たしてくれ」

太郎は「頑張ってくるさ」と言った。

元ガキ大将の話だと、鬼の仕返しが怖くて、みんな見送りに来ないのだそうだ。それどころか、桃太郎が行くことに反対の人も多い。庄屋さんは、桃太郎は一人で行くのであって、村を代表して行くのではないと言い、反対する人を抑えたという。鉄扇をくれたのは庄屋さんとしては精一杯のことであった。

一人で歩きだしたが鬼の棲家はわかっていなかった。鬼が棲んでいると言われる山の奥の方をまずは漠然と目指して歩いた。鎧をつけ腰に刀を差し、右手に鉄扇を持って、武士の姿だが、黍団子を体にいっぱいぶらさげている。異様ないでたちである。歩いていても誰も寄ってこない。どうやら鬼征伐に行くことが人びとに知れ渡っているらしい。誰もかかわりたくないのだ。しいて言えば、犬が一匹見え隠れしながら後をつけている。敵だか味方だか、あるいはたまたまなのか、まったくわからない。しばらく行くと、立派な牛がいた。門の扉をぶち破るときに頼りになりそうな角を持っている。桃太郎は近づいて、鉄扇で「ちこう」と手招きしながら話しかけた。

「実に立派な角だねえ」

「そうでもない。牛ならみんな、これくらいの角は持っている」

「その角を見込んで頼む。いっしょに行ってくれないか」

「どこに、何しに」

「鬼の征伐に行くのだ」

「牛は牛連れ、といって牛は牛以外の者とはつるまぬことになっている。お前さんとの同行は願い下げだ」

「人びとのためだ。よいことをするのだ」

「牛は黙々と働くだけ、そして、あとは食べて寝る。鬼征伐など御免だね」

　牛はゆっくり歩いて行ってしまった。供をすれば黍団子をやろうと言う暇もなかった。


　またしばらく行くと、今度は立派な馬がいた。武者には馬が必要である。これは好都合だと桃太郎はそばの木の根元に座った。体中にぶらさげた黍団子がやけに目立つ。急《せ》いては事をし損じる、とりあえず用のないふりをした。馬はこちらが気になるようだ。だが、話しかけてはこない。そこで声をかけた。

「おい、馬」

「おい馬、とは俺のことか」

「そうだ」

「おい馬、とはご挨拶だな」

「おい馬、で悪かったか。悪かったのなら謝る」

「馬にもいろいろある。乗り手は馬を選ぶが、馬も乗り手を選ぶ。おい馬、と言うようなやつを乗せる俺さまだと思うのか」

馬は一目散に走って行ってしまった。あっという間に姿は見えなくなった。武術と兵法はおじじから習ったが、供への誘い方までは習っていなかった。あとの祭りであった。

7

太郎は供探しが容易ではないことを思い知らされた。鬼征伐に同行したい者などいないことはわかっていたことではあった。ひとまず休もうと思って座り込んでいた。

「大将、断られましたね」

見え隠れしていた犬が近寄ってきた。

「いや、なに、少し話しただけだ」

「隠してもだめですぜ。供になれと言って断られた。図星でしょう。もっとも、俺もお供は御免だが」

「供にはならぬ？　冷やかしか」

　太郎は少し気色ばんだ。

「冷やかし？　その体中にぶらさげた物が何か知りたくてね」

「ああ、これか、黍団子というものだ」

「うまい団子なのか」

「うまい」

「特別なのか」

「特別だ」

「どのように」

「食べれば力がつく。元気が出る」

「長生きするのか」

「それはどうかな。長寿の薬効があるとは聞いておらぬ」

「一ついくらだ」

「売り物ではない」

「なら、なんでそんなにぶらさげている。それも目立つように」

「供をしてくれる者にやるためだ」

「供をしないともらえないのか」

「そうだ」

「思案じゃな。力がつき、元気が出る。食べてみたい気もするが、団子に目がくらんで尻尾を振ったとなると他の犬に顔向けができぬ。供になったら、いくつくれるのだ」

「一日一個だ」

「話にならぬ」

「わかった。一日に二個やろう。待て、供をして黍団子だけとは言わぬ。ほれ銭を取らせよう」

桃太郎は銅貨二枚を見せた。

「鬼征伐というううわさだが、そうか」

「そうだ」

「どれぐらいかかるのか、いつまでかかるのか」

「わからぬ。まあ、十日か。十五日はかかるまい」

「銭と黍団子をくれるのか」

「そうだ」

「黍団子が途中でなくなったらドロンするが、それでもよいか」

「よい、黍団子はいくらでもある」

ようやく話が決まった。途中でいなくなるかもしれないという者を供にしてよいのかと思わないではなかったが、いないよりはよいと思った。「将たる者は、兵を束ね、兵のよきところを戦に生かせ」とおじじが教えてくれたことを思い出した。犬には犬のよさがあろうと思うことにした。黍団子を二つ食わせ、銅貨を二枚やり、二人で歩きだした。

少し離れた木の上で二人の光景を見ていた猿がいた。街道の木から木を移り、二人が歩く上から枝を落とした。桃太郎はさっと避けたが、犬には当たった。痛いと思うほどではない枝だった。

「おい、いたずらはよせ。わしの供にいたずらすると容赦しないぞ」

桃太郎は鉄扇を上の枝に投げつけた。小枝が折れて落ちてきた。猿をはずして投げたが、「いてて」と猿は下りてきた。連れはなく一人であった。他にもいたようだが、どこかへ行ってしまったようだ。

「犬はその方の供か」

「そうだ」

「供とは知らず、悪いことをした。許せ」

「犬がわしの供でなければ、いたずらしてもよいというのか」

「そうではないが、犬はどうも気に食わぬ」

聞いていた犬も、

「俺も猿は気に食わぬ。群れるし、悪賢いし、それにだましもする」

「まあまあ、両者、静まれ。猿、わしの供にならぬか」

「黍団子と銭をくれるというのか」

「そうだ」

「どれだけくれる」

「黍団子は一日二個、銅貨は初めに二枚だ」

「黍団子は一日三個、銅貨は三枚でどうだ」

「猿だけ優遇するわけにはいかぬ」

「黍団子三個だけは譲れぬ。こちらにも事情がある」

「わかった、銅貨は二枚、黍団子は一日三個だ。犬にも三個としよう」

「鬼征伐に行くんだな」

「そうだ」

「ほんとに征伐するのか」

「ほんと、とはどういう意味だ」

「殺してしまうのか?」

「殺すかどうかは相手の出方しだいだ。もう二度と町や村を荒らさぬと誓えば、殺す必要はないが、場合によっては殺すかもしれぬ」

「戦利品の分け前はどうなる?」

「どうなる、とは?」

「戦利品の分け前はもらえるのか、ということだ」

「考えてもいなかったが、成功したら色はつけよう。それより供になるのか、ならぬのか」

桃太郎は少しいらだっていた。

「お供しましょう。犬と違って、わたしゃ最後までお供しますぜ」

猿はすべて聞いていたようであった。ともかく供は二人できた。

8

みんなで休んでいたときである。猿が言った。

「大将、気をつけたがいいですよ。変な鳥がずっと飛んで様子を見てますぜ。鬼の回し者かもしれません」

犬が言った。

「変な鳥？　あれは雉《きじ》じゃ。偏屈者で誰とも交わらぬ。味方ではないが敵ではない。それより大将が気をつけねばならぬのは猿、お前の方だろう。大将と俺に木の上から枝を落としたが、あれは一人ではできまい。仲間はどうした。今もうろうろして俺たちのスキを狙っているのと違うのか」

桃太郎も猿に仲間がいることは気がついていた。毎朝三個やる黍団子を一つしか食べない。あと二個は、仲間のためにそっとどこかへ置いているに違いない。犬の言う通り、気は許せないと思っていた。雉にも気がついていた。しかし、空を飛んでいて近くへ来ないのだから声のかけようがない。犬が言った。

「大将、雉を敵に回すことはありませんぜ。ずっとついて来ているということは黍団子がほしいのと違いますかね。少し離れたところに一個置いて様子を見てはどうです」

桃太郎はその通りだと思った。翌朝、みんなに黍団子を配るときに一個を離れたところに置き、「おーい、雉、欲しくば食せ」と呼ばわった。

雉は近寄っては来なかった。遠くから様子を見ているようであった。食べ終わっていざ出かけるとき、置いたままにしておくのもどうか、と黍団子をしまった。すると、雉がかすかに声を出したようであった。

次の朝は黍団子を置いたままで少し歩きだし、様子を見た。雉は下りてきて黍団子をくわえて去った。「ありがとう」とも「供になる」とも言わなかった。犬があわてて雉に向かって吠えたが、なんの応答もなかった。それから毎朝、黍団子は置かれた。雉は必ずどこからか来てくわえていった。前よりも近くまで来るようになった。

わずかな路銀で食べ物を買い、野宿という旅である。体は汚れ放題、汗くさくもなる。桃太郎が「川でもあるといいのだが」と言ったときである。雉が空で鳴き、そして右へ向かって飛んだ。ただ見ていたら戻ってきて鳴き、また右へ飛んでいった。犬が「川を知らせたのかもしれません。行って見てきましょう」と走っていった。しばらくすると犬の吠えるのが聞こえた。行ってみると小さな川があった。雉は桃太郎たちと同行し、役に立とうとしていたのである。

数日かかって、ようやく人気《ひとけ》のない山奥へとたどり着いた。人びとが鬼の棲家という辺りである。深い谷間を木がうっそうと覆っており、谷間には大きな岩がそびえていた。

鬼たちはその岩山の上に住んでいるらしい。登る道は二つあったが、どちらも細く険しかった。そして道の突き当たりには頑丈な扉のついた門があった。

9

「様子を見るには雉しかいません」と犬が言った。見ると雉は岩山の上を飛んでいた。戻ってくると誰に言うともなくしゃべった。

「入り口は二つ、表と裏。建物は真ん中。鬼は四人、使用人は七人、他にはいない。使用人は武器はなし、棍棒だけ。鬼は食事も睡眠も交代でしているようだ」

もちろん、鬼が出かけることもあるのだろうが、それを待っていてはいつになるかわからない。中へ入って征伐するしかない。そのために来たのだ。

「門のところに酒を置きましょう。それを飲んで酔っぱらっているところを襲うのです」

と犬が言った。猿が反論した。

「バカ者、門の外の酒、用心深い鬼が飲むものか。いっそう用心させるだけだ。不意打ちでいきましょう。その方があわてるでしょう。何かで扉を開けるまで用心深く待つのです」

桃太郎は考えた。鬼に襲われたら面倒だ。こちらには守る備えがない。よし攻めよう。

だが、問題はどう攻めるかだ。おじいさんが教えてくれた兵法が役に立ちそうに思えてきた。敵を分断する。表と裏にだ。

簡単に攻めてはだめだ。皆で岩陰に隠れて戦術会議を開いた。雉も聞こえるところにいた。

「猿は裏に回ってほしい。そして、できる限り声を出して騒いでほしい。攻め込むには及ばない。雉は岩山の上を飛んで大声で鳴いてほしい。どちらも鬼の気を引くためだ。わしは表門から攻め込む」

「俺はどうなる」と犬が聞いた。

「犬はわしといっしょに表門だ。まずは右の方へ左の方へ走って吠えてくれ。大勢いるように。そうして門の左右に分かれていて飛び込める方がまず飛び込むとしよう」

「大切なのは作戦だ。それぞれが位置についたら、わしがここで火を焚き、煙が上がったらわしは表門に行く。煙が上がると同時に犬と猿と雉は騒いでほしい。どれほどの敵が攻めて来たか鬼は様子を見ようとするだろう。煙は離れている。門の前には誰もおらず、裏手や左右が騒がしい。表門から覗いてみたくなろう。そのすきにわしが飛び込む」

猿が聞いた。

「鬼が門を開けなかったらどうします。鬼は用心深いから、まず門の上から様子を見ると思いますがね。よろしい。裏で思いっきり騒ぎ、それでもだめなら火を投げ込んで、それに気を取られている間にあっしが横から忍び込み、中から扉を開けましょう」

「それはありがたい」と桃太郎は言ったが、裏と左右と上で騒いでくれたら、自分は門の横を登って入るつもりでいた。最後の最後は味方にも秘密にする戦法だった。桃太郎は、猿は自分だけでなく仲間の猿にも手伝わせるつもりだと思った。それは相互の暗黙の了解のようになっていた。

「成功したら応分の褒美をとらせよう。では」

猿は裏に、犬は左手に雉は空へと散っていった。桃太郎は頃合いを見計らって火を焚き、湿った枝をくべて煙を上げた。

鬼は煙を見つけた。当然高いところに登って様子を見ている。岩陰に人がいるのは明らかであるが、うかつには出られない。突然、裏が騒がしい。それは明らかに誰かが攻めてきた声だ。右手や左手でも声がした。頭上でも声がし、空から攻めてくる鳥もいる。鬼にとっては経験のないことであった。裏では火が投げ込まれた。四人の鬼は右往左往していて、桃太郎が門の横をよじ登るのに気がつく余裕はなかった。桃太郎が中に飛び込むと、表門に一人いた鬼は桃太郎に気を取られたから、猿が表門を開け、犬を入れるのに造作はなかった。

桃太郎に気がついたのは黄鬼一人だけであった。使用人は棍棒を持って見張っているだけで襲ってくる気配はない。黄鬼が太い鉄棒を振りかざして駆けてきた。桃太郎は右に刀を下げて仁王立ちで迎えた。黄鬼が鉄棒を振りおろした瞬間、桃太郎はひらりと体をかわし小手を打った。つんのめる黄鬼の背中に二の太刀を浴びせた。青鬼がやって来た。鉄棒を振り回している。すごい勢いである。かわすことも太刀で受けることも難しい。桃太郎は走って逃げた。木や柱を利用するしかない。

幸い巨木があったので、それを背にした。青鬼はぶるんぶるんと鉄棒を振り回して近づいてきた。青鬼がまさに打ち据えようとしたとき、木の後ろに逃げた。鉄棒は木を打った。桃太郎は木の周りを駆けた。青鬼は追いかけた。鉄棒を振り回しているので青鬼は自由には動きにくい。桃太郎は腰から鉄扇を抜くとすばやく青鬼の後ろに回り、頭に鉄扇を投げつけた。

青鬼がよろけたすきに肩に切りつけた。青鬼は鉄棒を取り落とした。青鬼は素手でつかみかかってきたが、桃太郎は刀で小手、面と打った。犬が青鬼の足に噛みつき、青鬼は降参した。奥へ向かうと赤鬼がいた。大将のようである。鉄棒をでんと地に立てていた。

攻めさせねばならぬ。刀を上段に構えた。赤鬼も鉄棒を構えた。桃太郎は刀を下げてすり寄った。赤鬼は思いっきり打ち下ろしてきた。それをひらりとかわして胴に打ち込んだ。赤鬼は構え直した。雉が頭をつついた。犬が来て吠えた。桃太郎が動くと赤鬼は打ち込んできた。それをかわして小手を打つと、鉄棒を落とした。桃太郎は面を打った。赤鬼はたまらず倒れた。桃太郎は大声で叫んだ。

「桃太郎だ。鬼を征伐してくれる」

緑の鬼が来たが、鉄棒を振り回しながら自分で倒れ込んでしまった。

「鬼ども参ったか」

桃太郎の大音声で終わった。鬼は降参した。鬼はもっと大軍勢が来たと思ったのだ。降参してからなんとなく腑に落ちなかった。

「桃太郎だ。征伐してくれる。心を入れ替え、もう人里を荒らさぬと誓えば許してやるが、さもなくば四人とも打ち首にしてくれる」

鬼たちは「もう決していたしません」と謝った。如才ない猿は、桃太郎の鉄扇を「大将のでしょう」と持ってきた。また、お金を館から運び出し、桃太郎の前に置いた。鬼が集めた金の小判、銀貨、銅貨であった。

「戦利品です。どうせ鬼どもが誰かから取り上げたものです」

「罰として少し取り上げるか」

「少し？　全部持っていきましょう。命を助けてやっただけでもありがたいとこですぜ」

桃太郎も、取られた人や困っている人に分けてやればよいと思い、全部持っていくことにした。桃太郎はお金を袋に入れ、犬と猿に交代で持たせることにした。

「さあ引き上げるぞ」

さすがに気は高ぶっていた。鬼たちと使用人は門のところで土下座して見送った。命を助けられたので平身低頭していた。雉はどこへともなく飛んで行ってしまった。

雉は食べ物もお金もほしがらず、それよりも自由にしていたいようだった。

10

帰りも食べ物を買い求め、野宿する苦労の旅であった。途中で鬼から取り上げたお金から、犬と猿には相応の分け前を与えた。

帰り道のことである。一休みすることにして、桃太郎は辺りを少し見にいった。そのすきに猿が犬に言った。

「戦利品の分け前が金の小判一枚、銅貨五枚では少ないと思わないか。金の小判は俺たちは使わない。記念品みたいなものだ。銅貨五枚では最初の二枚と合わせても七枚だ」

「少ないと言えば少ない。命がなかったかもしれないと思えば大儲けだが」

「お前さんはバカかね。銀貨を一枚、銅貨二十五枚を、ほれ、足してやるよ。金一枚、銀貨一枚、銅貨三十枚の分け前ってわけだ。そのかわり、いいか」

「どうしろというのだ」

「大将もずいぶん水を使っていない。次に休んだところで、俺が言うから水を探しに行け。そして水を見つけたと吠えるんだ。大将をそちらに行かすから、お前はどっかへ行っちまいな。もちろん、俺さまともお別れだ」

「雉のようにどこかへ行ってしまうのか」

「ああ、そうだ」

「よしわかった。あとはお前さんがうまくやるってことだな」

猿はにやりと笑った。

桃太郎はすぐに戻ってきた。皆は何事もなかったように歩きだした。

しばらく行くと猿が言った。

「大将、少し休みましょう」

「そうだな」

「右手に水がありそうな気がするんですよ。犬に見にいかせたらどうです。水があれば、みんなさっぱりできますぜ」

「よし、犬、見てきてくれ。無理はするな。なければないで戻ってこい」

「はい、わかりました。あれば大声で吠えましょう。なければ、すぐ戻ります」

犬は林の中を下っていった。だいぶ行ったところで吠えた。

「大将、水があったらしいですぜ。先に行ってきてくだせえ。あっしは留守番していますから」

「では頼む。気をつけてな」

桃太郎は犬の吠えた方へ進んでいったが水もなく、犬もいない。あわてて戻ると猿もおらず、桃太郎の武具以外の荷物はなかった。猿が持ち逃げしたのであろう。桃太郎のふところにはお守りの金の小判と銅貨が十五枚残っただけである。

桃太郎は犬や猿を追いかける気力もなく座り込んでしまった。信用していたわけではないが、見事に裏切られてしまった。将としての器ではなかったのかと思うと情けなかった。だが、座り込んでいるうちに気持ちは落ち着いてきた。持ち逃げされたお金は、もとは悪銭、桃太郎の目的は銭ではなかった。鬼をこらしめ、里を荒らすなと約束させる、それが目的だったのではないか。それは果たした。鬼征伐は犬や猿がいたからこそ果たせたのだ。そう自分に言い聞かせた。

気を取り直すと、残った路銀で野宿を重ねて村に帰ることにした。

行きと違い、目指すはわが家であるし、覚えている景色もあり、目的を果たしての帰路でもある。気持ちは晴れ晴れとしてきた。だが、長旅と鬼との戦闘で、武具や衣服はぼろぼろになり、見た目には貧相な落ち武者風情であった。

とぼとぼと歩いていると、遠くに牛の群れが草を食んでいた。何事もなかったようにのんびりしている。

さらに歩いていると馬が追い越していった。行きに声をかけた馬であった。桃太郎はわからなかったが馬の方は覚えていた。「俺さまの見立て通りだった。見ればわかる。負けやがったな、やっこさん」とつぶやいて走っていってしまった。

ようやく村に近づいた。桃太郎は小川で水を使い、武具や衣服の埃をはたき、村に帰った。日は暮れかけていて、誰にも会わなかった。

家では生きて帰ったことを、おじじもおばばも驚き、喜んでくれた。

「おお、無事であったか、よかった、ほんとによかった」

「おじじ、申し訳ない。ほれ、土産はなにもなしだ。この有り様だ」

「何も言うな、無事が一番じゃ」

「鬼は征伐した。里には来ぬと約束させた」と桃太郎は胸を張って言った。

「なに！　鬼を征伐したと！　それはまことか。それはでかした」

疲れ果てた姿を見て、おじいさんもおばあさんも、命からがら逃げ帰ってきたと思っていたので最初は信じられなかった。

足を洗い、体を拭き、水を飲み、どんな供を連れていったか、鬼をどう征伐したか、最後に猿にお金をどう取られたかなどを手短に話した。

おじいさんは言った。

「太郎、でかした。武具を付けて、もう一度入り口から入ってくれ。かつてご先祖さまは落ち武者として来た。勝ち武者としてのそなたの姿をどんなに喜ぶことか」

太郎は武具を付け直し、もう一度入った。そして、土間に土下座した。

「おじじ、申し訳ない。取られたお金を取り戻すどころか、所持金はここに銅貨九枚だ。いただいた路銀はほとんど使ってしまった。お守りにした金の小判だけはまだ持っているがそれだけだ。まことに申し訳ない」

「太郎、立て。鬼を征伐した。それが第一じゃ。それでよい。無事に帰り、この上何を言うことがあろうか。なあ、ばあさん。なのに銭が九つもあるとな。それではの、疲れていようが、ほれ、ガキ大将のところに銭三つ持っていってやれ。お前が発《た》ってから毎朝水をかぶってお前の成功を祈ってくれとるそうじゃ。礼を早よ言わんと明日も水をかぶることになる。それに庄屋さん。鉄扇に三つ添えてご挨拶してきてくれ。鬼の仕返しがあったら庄屋さんは死を覚悟しておったそうだ。庄屋さんがそこまで腹をくってくれたから村がおさまった」

「わかりました。すぐ行ってきます」

おばあさんが言った。

「お米だけのご飯、たんと炊いときますよ。三人で思いっきり食べましょう。おじいさんが炭で稼いでくれましたからね」

晩飯を食べながら桃太郎は言った。

「少し山を開いて蕎麦を作ろうと思います。どんなところでも育ち、旨いそうです。前から考えていたことです。うまくいけば、村の人たちにもすすめようと思っています」

「それはええ」とおじいさんもおばあさんも大賛成であった。


少し物語を補足しておく。

鬼はどうなったか。桃太郎は、刀の打ち込み方は習ったが、刀を引くということは習わなかった。首や腕を切り落とすには打ち込むと同時に引かなければならない。むしろおじいさんとの立ち合いで、寸止めが身についていた。首や腕の切り落とし方をおじいさんがなぜ教えなかったかはわからない。とにかく、打ち込むだけだから、首や手が切り落とされることはなかった。鬼は桃太郎が手加減をしてくれたと感謝し、仕返しなどは考えなかった。

鬼は、悪い金を貯めている家しか狙っていないのに、こんなふうに征伐に来られるのも納得がいかなかった。調べてみたら、猿がはたらいた悪事までが自分たちのせいにされていたのだ。鬼は猿を痛めつけに行った。そして猿が桃太郎からせしめたお金を取り戻し、それで暮らした。猿はというと、本来の、山の木の実を食べる暮らしに戻った。

雉はあいかわらず孤高な暮らしぶりで、たまに人助けなどをするものの、深入りせず、報酬も受けなかった。犬はあっちこっちにすり寄り、うまい汁にありついていた。

桃太郎はというと、村では桃の木を分け与え、蕎麦の栽培を教えて評判はよかったが、炭焼きと蕎麦と桃の栽培で地道に暮らした。鬼征伐には殿さまからご褒美が出ることになっていたが、庄屋さんの話では、証拠の「鬼の首」がないのでだめなのだそうだ。

鬼が荒らさなくなった村では、鬼がいたことも鬼征伐があったこともいつのまにか忘れられてしまった。

桃太郎がお守りにした金の小判は、神棚に供えられ、代々引き継がれていった。今も桃と蕎麦が名物の平和な村の、とある家の神棚に祭られているかもしれない。

改作お伽話

浦島太郎

1

場所は土佐の国である。土佐のどこかは今となっては定かではない。太平洋に向かって広い砂浜があり、その砂浜の東と西は荒磯となっている。砂浜の奥に村は広がっていた。その後ろに田畑や森があった。小さな平凡な村であった。太郎の家は、村ではかなり豊かな家であった。瀬戸内地方と商いをしていたからである。商いといっても人が背負って行って売りさばき、買いつけて背負って来るのだからたいした規模ではない。米や野菜は自作、半農半商の家であった。

じいさまは亡くなっていたが、ばあさまはまだ達者であった。ひねもす家にいて、家の中の仕事や裏の畑で野菜作りをしていた。当主であり、太郎の父でもある久佐衛門は四十半ばぐらいの歳であった。庄屋、網元、お寺の和尚、神社の神主に次ぐ村での物知りで、一目置かれており、見るからに威厳があった。米作りが忙しいときには米作りに励み、その合間をぬって瀬戸内との商いに出かけていた。母親のお甲は、田畑の仕事のかたわら村人相手の商いをしていた。売りに行く品物を揃えるのも買ってきた品物をさばくのもお甲であった。

久佐衛門の子どもは三人であった。長男の太郎は二十一歳、もう嫁をもらって一家の主となっていなければならないのだが一向にその気がなかった。体が悪いとか弱いというのではない。身の丈も高く、筋肉質ですらりとしている。男振りもなかなかである。問題は欲がないことにあるようだ。それは太郎が小さいときからであった。太郎の弟と妹がいた。弟は十八歳、背は少し低いががっちりしていて何事にも活発であった。名は作次といった。妹は十六歳、お菊といい、なかなかの美人であった。遠目に見れば誰でも嫁にしたいと思ったであろう。だが、勝ち気でお転婆、少々の男では御せずに尻に敷かれてしまうことは明らかであった。

妹のお菊が言った。

「太郎おにいちゃん、もう少ししっかりしてよ。ただ、魚を釣ってるだけでは誰もお嫁になんか来ないわよ」

太郎よりも作次の方が早く応じた。

「お兄にしっかりしてもらいたいのはその通りだが、しっかりしたとて、お菊がいては誰も嫁には来まい」

ばあさまが言った。

「作次、人聞きの悪いこと言うでない。お菊はいい娘《こ》じゃ。太郎の嫁は、太郎しだいじゃ。早よう父さまの仕事を覚えることじゃ。それがまず第一」

太郎がおもむろに言った。

「わしはお父の仕事を引き継ぐつもりはない。わしには向いておらん。田作りも気がすすまん。海は好きじゃが、さりとて漁師にはなりとうない。第一、この家は漁師ではない。おかずを獲るだけでは何ともならんことはわかっている。ともかく、この家は継がん。作次、お前が継いでくれ。お前も継がぬならお菊が婿を取れ。ともかくわしは継がん」

お菊が、「私はお婿さんを取るなんてまっぴら。私がじゃまならいつでも出て行きます。私をお嫁にもらってくれる家も一つや二つあるでしょう」と言った。

ばあさまがとりなした。

「二つもいらん。一つでええが。お菊をうちの嫁にという家は、まちごうのうある。婿に来たいという男もおろう。でも、太郎が長男じゃ。太郎が商売を継ぎ、お菊は嫁に行く、そういうもんじゃろう」

　そこで久佐衛門がようやく口を開いた。

「太郎にはしっかりしてもらいたい。この家を継いでもらいたい。しかし、商いはその気になって体で覚えねば。太郎にその気がないとするとわしも跡継ぎをどうするか考えねばならぬ」

　作次が言った。

「俺は継がん。村でなんと言っておるか知ってるか。作次が気が強いから太郎さんがおとなしくしとるとか、作次が跡を継ぎたいことを知ってるから太郎さんは無欲を装ってるとか。兄い、しっかりしてくれよ。俺はどこかへ養子に行く。そこで働く。この家を頼りになどせぬ」

「太郎が商売を継いでくれたら、作次には田を二反もつけて養子に出すつもりでおる。そのために田も少し増やした。太郎が継ぐと言うならば、それが一番よいが……そうでないと家の中が乱れる。今日のようにな。ともかく、わしもいつまでも達者ではなかろう。いずれ決めねばならぬ」

　それからしばらくして、夕食のときであった。

　久佐衛門がおもむろに口を開いた。

「いつものことだが、また讃岐へ商いに出かける。太郎、いっしょに行ってみるか」

視線を向けられた太郎は深く頭を下げてから言った。

「すいません、勝手を言って申し訳ありませんが、やはり商売はその気になりませんので、いつもの通り作次を連れていってください」

「やむをえぬ。作次、供をせよ」

そのきっぱりした久佐衛門の言い方には、跡継ぎは作次だという思いが込められているようであった。

2

翌朝である。いつもの時間の朝飯であった。それぞれが自分の箱膳を持ち出してコの字に座る。久佐衛門が仏間を背に、右側に太郎、作次、左側にばあさま、お甲、お菊と座った。ご飯とみそ汁とお新香だけである。ご飯とみそ汁をよそうのはお甲の仕事であったが、太郎と作次についてはお菊がすることが多かった。お菊は自分の分はいつも自分でよそった。そうした女らしいところもあった。

久佐衛門がその日の予定を申し渡した。

「お甲とお菊は、讃岐に売りに行く品を整えておいてくれ。二人で担げるだけだからなるべくかさばらず値の張るものがよい。もっとも、お甲は二十年もやっておるのだから心得ておろう。ばあさまは家のことを頼む。わしと作次は田を見回っておく。草がひどければ少しは取っておこう。明日は早くに出かけるから」

太郎の仕事が特段ないのもいつものことであった。

「俺は魚を釣ってこよう。晩のおかずになるように。まあ、たいしては獲れないが」

ばあさまが気を使って言った。

「太郎、頼むよ。晩には魚があった方がええ。銭を出せば漁師から買いもできるが、銭を出さずにすんだら、それにこしたことはない」

「お兄ちゃん、釣りに行くって海でのんびりしているだけだって、評判よ。お父や作次兄さんと田に行けばいいのに」とお菊が言った。

「田はわしと作次で見回る。人数が多くても、その気のない者がおっては逆に仕事が遅うなる。作次はどのみち田作りはせねばならぬ。太郎が商いを見習いたいというなら足手まといもいとわず仕込むが、その気はないようじゃ。太郎にあまり気を使わずと、作次は作次、お菊はお菊の道を行け。それがわしの考えじゃ。太郎とて根っからのあほうではあるまい。何か考えておるやもしれぬ」

そんなことで食事を終わった。

皆が忙しくしだした。太郎は釣り竿を取り出して、そっと家を抜け出した。海が好きであった。海を眺めているのが好きであった。釣りはほんとうは好きではなかった。晩のおかずを持ち帰ることでわずかに面目を保っていた。田と海とは方向が逆だから、田作りをするお父や弟はまず海の方には来なかったのも、太郎にとっては都合がよかった。

釣り竿を肩にいつもの道を歩きだしたが、太郎はしばらく歩いてふと足を止めた。お寺へ行こうかと考えたのである。自分があの家を出れば作次が跡を継ぐ。お菊は嫁に行く。すべて丸く収まる。自分は田作りも商いもしたくない。やらねばならないとなれば、やれるだろうが、やりたいという気持ちにならないのである。学ぶことや考えることは好きであった。出家してお寺で修行するのはどうか、とひそかに考えていたのである。

それが可能か、もし修行するとすればどうすればよいのか。お父も知っているかもしれないが相談する雰囲気ではない。そっとお寺の和尚さんに聞いてみる以外にないと思っていた。それでふと足を止めたのだが、肩に釣り竿を担いでいることに気がついた。殺生をしてはいけないというお寺に釣り竿はいかがなものかと思ったのである。「今日でなくてもよい。お寺にはいずれ」と思い、磯の方へ歩きだした。

磯に着くと釣り糸をたらした。餌は必ず付けるとは限らなかった。手応えがあり竿を上げるときには、「なむあみだぶつ、なむあみだぶつ」とつぶやきながらであった。一風変わった釣りであった。釣り上げた魚を点検し、その晩の食事に足りるとそれで釣りは終わりであった。釣りは終わりにしても家に帰るわけではない。遠く海のかなたをぼんやり眺めているのである。何かが見えるわけではない。そうしていると気持ちがよいのである。その気持ちのよさが太郎はたまらなかった。

その日は一匹大きめの魚が釣れた。太郎はしばし思案した。魚をさばき、切り身にするとどうなるか眺めた。六切れにしなければならない。尾に少し肉が付くようにまず一切れを切り分け、残りを五つに切ると頭はほとんど肉が付かない。この一匹では足りないな、いや頭を自分の分にすればどうにか足りると思い直し、そこでその日の釣りは終わりになった。小さいのを六匹持ち帰ることもあったが、いつもぎりぎりの量しか釣らなかった。

釣りを終えた太郎が家に帰るには磯から砂浜に出て、砂浜をしばらく歩いて村の中へと入っていく。その日も浜には誰もいなかった。太郎はのんびりと浜を歩き、一匹の魚を大事に持って家に帰った。浜に人がいるかいないかは日や時間による。太郎は誰もいないことをいつも願っていた。

夕食のときである。お甲は六皿の魚の煮つけを見て少し困っていた。どれを誰にするか、である。

太郎が「わしは頭がいい」と言った。

「頭はあんまり食べるところがないよ」とお甲。

「一匹しか釣って来なかったんだから太郎お兄ちゃんに責任とってもらっていいんじゃない。私は尾っぽでいい」とお菊。

「お菊、そんな言い方はおよし、あたしが頭をいただくよ。一日何もせん身じゃ」とばあさまが言った。

太郎が強く言うので頭は太郎に、尾っぽはお菊、ということになった。久佐衛門が一番いいところ、次がばあさまであった。

3

久佐衛門と作次が出かける日が来た。いつも通りの朝飯をとり、二人は慌ただしく支度をした。

「ばあさま、留守を頼んだぞ」

久佐衛門はまず年長のばあさまに挨拶、ついでお甲に、

「留守は頼んだぞ。留守中はすべてお前の裁量でせよ。すべてお前の裁量で」

そして、

「お菊、お母を助けよ。よいな」

太郎へは最後に、それも一言、

「太郎、お前も頼むぞ」

と言った。お甲がしっかり者であるから留守はお甲がというのは誰もが認めるところであり、太郎は少しも意に介さなかった。

いつもより遅くなったが、太郎はやはり釣りに出た。女三人がしっかりしている家である。いつも自分の出番はなかった。釣る魚はどうでもいい。今日は手ぶらでもいいやと餌も付けず、のんびりしていたら手応えがあった。

「なむあみだぶつ」とひとこと言って少し竿を上げた。実に重い。餌も付けていないのにどうしたことか、両手で力いっぱい竿を上げると大きな亀が水中に見えた。うまく釣り針がはずれてくれればと竿を左右に動かしたが、亀は左右に動くだけで針ははずれそうにない。仕方なく引き上げた。

「なんで亀がかかるんだ。亀が行くのは浜だろう。迷ったのか。痛かろう。今釣り針をは

ずして逃がしてやるからな」

　竿を置いて亀の方へ近寄ると、亀は針からはずれていた。そして、なんと口をきいたのである。

「太郎さん、かかったのではありません。自分で針のそばをくわえたのです」

「亀が口をきく。何者だ。それとも自分は夢を見ているのか」

「信じられないでしょう。信じられなければ夢ですよ。でもこれは現実です。海の中ではあなたは評判です。魚を釣って食べているから悪い人には違いないが、釣り上げるときに、なむあみだぶつ、なむあみだぶつと言い、決して一食分しか獲らないって。お腹に卵がいっぱい入っているからって逃がしてもらったお魚もいるそうですね。それで私、一目あなたさまを見たくって」

「…………」

「どんな人だろうとずっと見ていたんですよ。そしたら、魚を釣る気はまったくなし。聞いていた以上。こんな人もいるのかと驚きました」

　そこで亀は言葉を切った。何か言おうとしたがやめた。「見た目にもいい男」と言おうと思ったのだが、はしたないと思ってやめた。

「海へお帰り。今日は私は手ぶらで帰る。一晩ぐらい魚なしでもご飯はあるのだし。それに亀は持ち帰ってもどうしようもない。しかも大きな亀だ」

太郎は有無を言わさず亀を抱えて海に落とした。岩の上でなしに水に落ちたから無事であることは間違いなかった。

4

久佐衛門と作次がいないと気が楽である。お菊は「しっかりしてよ」と責めてはくるが、お甲は何も言わず、ばあさまは太郎をかばってくれた。毎日ではないが四人の晩のおかずの魚は釣って帰った。

磯でいつものように釣り糸をたれていると浜の方が騒がしくなった。人がどんどん浜に集まっていた。

いったいどこにいたのだろうと思うような何艘《そう》もの舟も集まっていた。

鯨が浜に近づいたのである。そう大きな鯨ではないが、なにしろ鯨である。舟で囲み、はやしたて、鯨を浜に追い上げるのだが、危険である。勇ましい男たちがわれ先にと、銛《もり》を鯨に突き立てようとする。銛が投げられるたびに歓声が上がる。

鯨は村にとっては貴重な資源であり食料であった。村は総出で、仕留めるとさばき、細かくした肉を皆で分けた。残りは網元が取り、油などは、のちほど久佐衛門が買い取り、売りにいった。神主は浜に飛び出し、お祓いをするが、和尚は来なかった。浜に出ないのはお寺の和尚さんぐらいで、元気な村人は皆、このようなときは浜に出るのが村の習わしであった。

浜にはお甲とお菊の姿もあった。

太郎は磯にいることをいいことにして、浜に鯨が上がったことは知らなかったことにしようと決め込んだ。皆がしていることに反対ということではないが、鯨が獲れることを喜ぶ気にはなれなかったからである。鯨は大きくて、見れば恐ろしい。しかし、人間に敵意をいだいて襲ってくるわけではない。運悪く近くに寄れば尾っぽで叩かれたり、口に吸い込まれたりするだけである。

今夜は鯨汁だ、今日は釣らずにすむと太郎は岩に腰掛けてぼんやりしていた。

「太郎さん、太郎さん」と呼ぶ声がした。周りを見たが誰もいない。また、「太郎さん」と声がした。声は崖の下の海からのようである。見ると先日の亀であった。

「太郎さん、浜には行かないのですか」

「おどかすな、亀が口をきくとは不思議なことだ」

「不思議でも、そうなのだから仕方がないではありませんか。太郎さんは浜には行かないのですか」

「あまりその気にならなくてね」

「鯨がかわいそうだから」

「そうかもしれないが、皆といっしょにわしも食っているのだから、そうとも言えぬ」

「やはりかわいそうなのでしょう」

「………」

「迷い込んだ鯨が悪いとは思いませんか。鯨は人間に近づくものではないのです」

「迷い込んだのなら沖に戻してやればいい」

「いるから捕らえる。でも、かわいそう」

「鯨がかわいそうというよりも、鯨が追われ、捕らえられ、さばかれる姿を見たくないというところかな」

「太郎さんはおやさしいのね」

亀はそう言うと海に消えていった。

浜も暮れてきて、騒ぎも収まった。太郎も家に帰った。

「お兄ちゃん、お魚は」とお菊が聞いた。

「今日は釣れなかった」

「釣れなかったではなくて、釣らなかった、でしょう。鯨が上がったからいいやって。それはそうだけど、なんで浜に来ないの。村の人はみんな陰で言ってるよ。太郎さんは何を考えているのだろう、親も親だって。だから、おかあちゃんと私は特に頑張らなきゃならないの。もうくたくたよ」

ばあさまが言った。

「太郎は昼寝でもしていて知らんかったんじゃろう。お甲もお菊もご苦労さんでした。では留守番の皆で久しぶりに鯨汁をいただこうか。私もこれで精をつけて、もう少し長生きできそうだ」

村の人たちは、鯨は命を永らえると思って食べていた。

5

いつものように釣りに出た。いつもの岩に腰かけて釣り糸を崖下にたらした。朝、家を出た時は風もなく好天だったが、磯に来ると急に、風が強くなった。そのために波は高く立った。波の先が風に吹かれて飛び散る。それが海の上に満ちているから霧がかかったようになり、遠くはよく見えなくなった。岸にもし人がいてもその人影もよくは見えないようになった。

崖下から女の声がした。

「助けてくださいまし」

よく見ると小さな舟が波にもまれている。その舟に、着飾った身分の高そうな女が倒れもせずに一人立っている。

「後生ですから助けてくださいまし」

太郎があわてて腰を上げ、崖下にかけ下りると、女は舟のともづなを投げてよこした。太郎は綱をつかみ、舟を引っ張った。

「じっと座って、すぐに舟を引き寄せますから、そしたら舟から飛び下りてください。私が必ずつかまえますから」

「舟を降りるわけにはまいりませぬ。ここは異境の地。私は降りるわけにはまいらぬのです。舟には櫓《ろ》がついております。こちらに移り、櫓を漕《こ》いでくださいまし」

「この海の荒れようではいつ沈むかわかりません。危ないですから陸へ。風がおさまったら、また漕ぎだせばよろしいでしょう」

「何をおっしゃいます。私はわけあって異境の地に上がるわけにはまいりませぬ。それで助けを求めているのでございます。かよわき女が困っているのをお見捨てになるのですか。

後生ですからお助けくださいまし」

「陸にいれば安心。凪もすぐにおさまります。私が手を伸ばしますから、舟を引き寄せたらこちらへ飛び移ってください」

「頼みを聞いていただけぬのなら、私一人で沖へ出てまいります。運を天に任せます。頼みを聞いていただけぬのなら、どうぞ綱をお放しになってください」

女は強引であった。太郎の言うことを聞こうとはしなかった。太郎にはもともと欲がない。生きようという欲もそれほど強くはなかった。舟を沈まぬようになんとか操っていれば、凪もそのうちにおさまろう、海が静かになったところで、女とあらためて話せばよい。そう思い、綱をまとめて持ち、舟が波で近づいたときを見計らって飛び移った。女はニコリと笑うと舟の先の方に座った。その分、舟は安定した。太郎は船尾で櫓を漕ぎ始めた。海辺で育った男である。漁師のようにはいかないが櫓を漕ぐぐらいのことはできた。

「さあ、お漕ぎになって」と女は命令口調である。太郎は波が激しいので力を入れて漕いだ。

不思議なことに、舟は波の上にふわりと浮いた感じで、波が荒いにもかかわらず、ほとんど揺れない。舟は櫓で走っているとは思えない速さであった。方向は舟が勝手に定めているようであった。太郎の漕ぎ方と舟の走りとは関係がないようであった。

「勝手で申し訳ありません。このお礼は必ずいたします。どうぞお許しくださいませ」

太郎は荒海に舟を操る緊張感で何も考えられなかった。まもなく舟は荒海を通り過ぎ、日の輝く波静かな海になった。熱くもなく寒くもなく、風は頬に気持ちよく、舟は自然にゆっくりと進んでいった。

「ありがとうございました。櫓を漕ぐのはおやめになってお座りください。心配はいりません。舟はこのまま進みますから」

「それにしても、あなたはどういうお方なのですか。あの荒海に一人で舟に乗っておられて、それにあそこで上陸できるのになさらず、それにこの舟は私が漕がなくても進むようです。私がおらずともよかったのではありませんか」

「お助けいただき、おかげさまでこうして無事なのです。私の里へ向かっております。お礼をさせていただきます。里へ向かってもよろしいでしょう」

太郎は答えなかった。状況がよくのみ込めなかったのである。

「あなたさまがおうちで心配されていることは事実です。海は何が起こるかわかりません。釣りに出れば、帰らないこともあります。それでよろしいのでしょう、太郎さま。ご家族は嘆かれましょうが、それは一時、太郎さまは私の国へ行ったと思えばよろしいのでは。作次さまもおられますし、お菊さまもおられますし、留守のお甲さまはしっかりしておられますし」

「どうして私の家のことを？」

太郎は家族や自分のことが見透かされているので気持ちが悪かった。

「説明はできませんわ。また、説明しても信じてはいただけませんわ。夢かと思われましょうがこれは現実。どちらと思われてもけっこうですけど。一つだけお教えいたしますと、釣りをされていたときにお話しされた亀は、実は私です。亀が私になったか、私が亀になっていたかはともかくといたしまして」

「………」

「これから参りますところは竜宮です」

「なに、竜宮ですと！　聞いたことはありますが、漁師たちの言い伝えで、実際にはないだろうと言われておりますが」

「あるもないも、これから参るのです」

「どこにあるのですか。南の方ですか、東の方ですか。どれぐらい遠いのですか」

「どの方向とは申せません。どれぐらい遠いのかも申せません。そもそも太郎さんのお住まいだった世界とは違うところですから。太郎さんにおわかりいただける説明の仕方はないのです」

海が急に明るくなった。まぶしいと思ったら急に暗くなった。音は、まったくしなくなった。

太郎は意識を失った。

6

目覚めると舟はゆっくりと水中を進んでいた。周りは青緑がかってはいるが明るく澄んでいた。水の中なのに息苦しくはない。話も普通にできた。

「もうすぐ竜宮です」

「…………」

「私の母が迎えてくれるはずです。竜王のお許しがなければ入れません。母は首尾よくやってくれたはずです」

「…………」

「実を申しますと、私は竜王の娘です。娘でしたというのが正しいでしょう。竜王の娘といっても何千人といるのですから、ただの女です。私は竜宮に飽きて竜宮を飛び出しました。でも、女の姿では飛び出せません。竜王によって何かに生まれ変わらされます。竜王の親心なのでしょう、私は長生きする亀にされました。もう一生涯海で暮らすしかない身でした。亀になって海で暮らしているうちにあなたさまを知りました。ぜひとも夫婦になりたいと思いました。それを母が知ったのです。もし私が夫として連れて戻るなら、竜宮で暮らせるように竜王さまのお許しを得てあげる、そう言って私にあなたさまを迎えに行かせてくれたのです。竜王の力がなければこの舟は使えません。また、私は亀のままです」

「私は生涯妻は持たぬつもり。とうにそう決心しています」

「そうおっしゃられると思っておりました。でも、もしあなたさまがこのお話をお断りになりますと、私は亀に戻らなければなりません。それでも聞き入れていただけませんか」

「私は仏の道に入ろうとさえ思っていました。誰ならいいとか悪いとかではなく、生涯一人身でいようと考えていたのです」

「御仏さまのお考えを大切になされることはよいことです。私があなたさまを好きになりましたのも、そのようなお心をお持ちだからです。ですが、御仏さまのお心とはどのようなものでしょうか。あなたさまが修行のためお一人で滝に打たれていたといたしましょう。その目の前の滝壺に落ちた娘が助けを求めます。修行を続けますか。飛び込んで娘を助けますか。どちらが御仏のお心にそうのでしょう」

「………」

「おぼれている娘を助けずに修行を続けることが御仏のお心にそうのでしょうか」

太郎はよくわからなかったが、ここまで来てしまったのだから、ともかく竜宮まで行ってみようと心を決めた。

舟は大きな岩のところに止まった。

「この岩を回ると大きな門があります。その門をくぐると竜宮です。竜宮は太郎さまがおられた世界とはまったく違います。なんの苦労も何の心配もありません。自分の気持ちでしたいようにしていればよいのです。私が手を引いていきますから目をつぶっていてください。さあ、舟を降りましょう」

太郎は舟を降り、目をつぶった。手を引かれ足を動かしたが歩いている感じはなかった。体は浮いているようで自然に進んだ。

「どうぞ」というので目を開いた。門の中であった。自分の姿は立派になり貴公子然としていた。釣り竿も持っていなかった。

7

薄青緑色の明るい靄《もや》のような中を、こちらにゆっくり近づいてくる人影があった。桃色の着物に紺色の袴、若草色の羽織をなびかせていた。帯は朱、足袋は白で草履の鼻緒は金色であった。

「私の母です。乙姫と呼ばれています。乙姫とは竜王の妻ですが、何百人といるのですから母もただの女と思えばいいでしょう」

近づいて見ると絶世の美人である。乙姫はまず娘に声をかけた。

「お帰り、心配させて。こんななんの不自由もない竜宮を出て行こうなんて、馬鹿な娘だよ。でも竜王さまのお許しを得てこうして戻ってこられたのだから、ほんとによかった。そちらさまがお前が知らせてきた太郎さまかえ」

「はい。こちらが太郎さま、ほんとにやさしいお心をお持ちのお方です。海の魚たちには大変な評判です」

「竜王さまもそれはよくご存じで、その太郎さまを夫としてお連れするならば特別に竜宮へ戻ることを許そうとご判断なされたのです。そのことをゆめゆめ忘れてはなりませぬ。

太郎さまに感謝して大事にするのですよ。お前は太郎さまに巡り会えてほんとに果報者だよ」

「太郎さま、母が申す通りです。ひとたび竜宮を出た者は二度と竜宮には戻れないのです。こんなことはありえないことです。ありがとうございます」

「さあ、さあ」と母は二人を急かした。

太郎は自分が自分でないように感じた。頭では歩こうと考え、そのように足を動かすのだが、足はなんとなく動くだけで何かを踏むことはない。だが、体は自然に進みたい方向へと動く。息をしていないのに苦しくはない。見る、聞く、しゃべるには、なんの不自由もない。

「私はこの辺りで、ではごゆっくりと」

そう言うと乙姫さまは去っていった。宙吊りの人形が動いていくように、すうーっと遠ざかっていった。

「ご挨拶もせずに、これでよろしいのですか」

「竜宮では誰もが自由にしています。お互いに気を使いません。会いたければいつでも会えますし、なんの問題も起きませんから心配することもありません。会う必要もないのです。今回は、私が竜宮へ戻れたのは竜王さまのお計らいだということを伝えるためにわざわざ来てくれたのです」

二人は二間ほどの間隔を保ちながら、なんとなく動いていた。春を見たいと思うと周りは春になった。秋がいいなと思うと秋の景色になった。よく考えると香りというものはなかった。腹がすかないので食べることもしなかった。見かける人は皆女性で美人であった。男は珍しいのであろう。すれ違うとしげしげと見られた。

太郎は、今は何の刻かと思った。いつ夜になるのだろうと思った。

「こうして動いていますが、夜はどこに泊まるのですか。家らしいものは見当たりませんね」

「どこで寝るかですか。眠りたいと思えば、家は目の前に現れます。でもこうしていろいろ楽しみながら動き回るのが竜宮なのです。二人でいる人を見ましたか？　まだいないでしょう。竜宮では二人でいるということは珍しいことです。男性はほとんどいませんから。竜王の子はすべて女です。娘なんです。男性は竜王に特別許された者だけが外から来るのです。でも、めったに来ません」

「竜王さまはどこにおられるのですか」

「わかりません。近くかもしれませんし、遠いかもしれません。竜王さまはいつでもどこにでも現れることができますから。私たちから見て近いとか遠いとかは言えないのです。

こちらから見たくても見えません。竜王さまご自身が現れたいときだけ現れるのです」

「いつもはどうされているのですか」

「どこかで寝そべって、乙姫を十人ぐらい侍《はべ》らせているのではないでしょうか。私はまだ見たことはありません。母は竜王さまのことは話してくれません。それに母も会うことはめったにありません。乙姫は数が多く、交代で呼ばれますからめったに呼ばれないのです。竜王は乙姫以外とは直接は口をききません。先ほどのように乙姫を使いによこすのです」

「今日はこうして二人で歩き回っているとして、明日はどうするのですか」

「竜宮では、今日とか明日とかはありませんの。永遠の時間を生きていると言えばいいのでしょうか」

「そうすると、ずうーっと二人でこうして歩き回っているということですか」

「あの岩陰で休みましょう。竜宮の生活にお慣れになるまでは、歩いたり休んだりが自然でしょうから」

二人で岩陰に休んだ。不思議なことに、何もなかったはずなのに、二人がくつろげる家が現れた。中に入り、ゆったりした椅子に寝そべった。四尺ほど離れたところに女も横たわった。太郎はその姿をしみじみと眺めた。なんと美しいのだろうと思った。そして、自分がこんな美人と夫婦でいられることを不思議に感じた。

女は四尺ほど離れたままであった。

「竜宮では夫婦は離れているものなのですか」

「いいえ、竜宮では離れているとか近くにいるとかの区別はありません。そうですね、夫婦なのですから近づきましょう」

そう言うと女はすうーっと太郎の方に来た。体と体が半分ほど重なった。体が接触してもぶつかるとか接触したという感触はなかった。太郎を見ると太郎が見え、半分の女が寄り添っている。女を見ると女が見え、半分の太郎が寄り添っている。体半分は完全に重なっているのに、接触している感触すらなかった。離れているときと同じであった。不思議なことであった。

8

歩き回ったり休んだりすることを繰り返していたが、太郎の気持ちは落ち着かなかった。故郷で海を眺めていたあの気持ちのよさはあったが、故郷の家族はどうしているかと心配であった。特に留守を預かった母親お甲は、久佐衛門の留守に太郎がいなくなってしまって立場が悪かろうと案じられた。故郷で海を眺めているときの気持ちのよさは、家に帰る前のひとときであるから喜べた。いつまでもそれだけが続くと、人間はぜいたくなものだ、退屈になってくる。休んでいるときに思いきって聞いてみた。

「どうだろう。一度故郷へ戻ってみんなに挨拶して戻ってきたいのだが、そうはできないだろうか」

女の顔がくもった。

「竜宮は一度出たら二度と戻れません。そういうところなのです。お気の毒ですが、太郎さまは海で死んだと思われておりましょう。お家は作次さまが継いでおられましょう。心配はないのではございませんか」

いつのまにか乙姫、といっても、女の母親だが、が現れた。

「馬鹿な考えはおよしなさい。竜宮から出ようなどと考えるのはもってのほかです。こんな幸せはどこへ行ってもありません。それとも私の娘にご不満ですか」

「いえ、娘さんに不満など、それに竜宮にも不満など、めっそうもない。ただ、故郷の家族のことがどうしても気がかりで。どのようになっていても、それを知れば安心なんです。たとえば私は死んだことになっており、作次が家を継いでいたとしてもいいのです」

「竜宮を出てみたいなどと。ほんの少しそれを考えただけで竜王さまはお怒りですよ」

「まだ、誰にも話してはおりません」

「話す、話さないではありません。あなたの考えることは、すべて竜王さまはお見通しなのです」

そう言うと乙姫の姿は消えた。

「少し歩きましょう」

女は太郎をなだめるように促し、二人で歩き回り始めた。

「竜宮へ来てどれぐらいになるだろうか」

太郎の問いに女は困ったような顔をした。

「一カ月も過ぎただろうか？」

「竜宮は、太郎さまのお国とはすべてが違いますから、どれぐらい経ったかとは簡単には言えません」

「私のことは行方不明として、もう葬儀も終えているのだろうか……あるいは四十九日の法要も過ぎたのであろうか」

「私のわがままでご家族の皆さまに悲しい思いをさせて申し訳ありません。でも、鯨の寄る浜の村ですから、海で亡くなったとなればそれなりに気持ちの整理はつきましょう。海の中に理想郷があることは言い伝えられておりますし」

「漁師は海で嵐に遭い、不思議なところへ行くことがあるとは言い伝えられているが、磯で釣り糸をたれているだけでは、波にさらわれても溺死でしかない。死体はあがらなくても溺死です」

「もうあなたさまのことは、どなたも覚えてはおらぬと思います」

「私のことをもう誰も覚えていない。ばあさまも、お菊もか。そんなことはあるまい」

「…………」

「作次とて、磯で私を探しておろう。まさか生きているとは思うまいが、死体を見つけねば寝覚めがよくはないだろうから」

女は寂しそうな顔をした。そこへまた、乙姫が姿を現した。

「娘よ、もう引き留めるのはおよし。無理ではないか。竜王さまは本人がぜひというのでなければ、太郎さまを竜宮へ置くつもりはないのです。こう始終、二人のいさかいがあれば竜王さまも堪忍できますまい」

「竜王さまは私が一度故郷へ戻りたいことをご存じで？」

「もちろんですとも。すべての者の心を見通しておられます」

「お会いすることはできませんか。直接お願いし、ご理解いただければ……」

「なりませぬ」

女も言った。

「太郎さま、竜王さまはすべてをご存じ。そしてどなたともお会いにはなりませぬ。すべては乙姫を通してです。こうして……」

「娘や、わかっていますね。太郎さまが故郷へ帰る。そうなれば、お前は亀に戻って、また海をさまようのです。それがいやなら太郎さまを説得するしかありません」

「私は亀に戻ってもかまいません。それがいやで太郎さまをお留めしようなどとは考えませぬ。せっかく夫婦になれたのです、離れたくない、それだけです。でも人間と亀、身分が違いすぎます。竜宮だからこうして夫婦でいられますが、もともと夫婦になることは無理だったのです。太郎さまの故郷を一目見たいという気持ちはわかります。見てもどうにもなりはしませんけれど」

太郎は何か重苦しい気持ちになり、それからしばらくは「戻ってみたい」とは言わなかった。

しかし、故郷の家族に、突然自分が姿を消し、心配させて申し訳なかったと一言詫びたいという気持ちは消しがたかった。女もそれに気がついたのであろう。

「私も決心いたしました。二人で竜宮を離れましょう。太郎さまは一目故郷を見てまいらせまし」

と言った。それがすぐに竜王の知るところとなったことは言うまでもない。

太郎は来た舟で帰ることになった。同じ方法でしか帰るすべはなかった。

9

いよいよ帰るというときに母親の乙姫が現れた。

「竜王さまの特別の計らいです。この玉手箱を差し上げるとのこと。故郷に帰って何があってもこの箱を開けてはなりませぬ。開けてもいいことはありませんから。よろしいですか」

「立派な箱ですが何に使うものなのでしょう。中に何か入っているのでしょうか」

「それは申せませぬ。開けてはなりませぬ。もしお国へ帰って、もう死にたい、とお思いになることが万一ございましたら、死ぬ前に開けてみてください。それ以外では絶対に開けてはなりませぬ。くれぐれも死ぬということを軽々しく考えてはなりませぬ」

「わかりました」

太郎はそう答えて受け取ったが、よくはわからなかった。死は訪れるもの、自分で死にたいと思うことなどあろうはずはない、だから開けることはあるまい、と気にしなかった。

帰りは女が漕いだ。太郎は舳先の方に座った。女は太郎を送るのだと力をこめて漕いだが舟は自然に進むようであった。揺れることもなく海上を浮くようにすべって走った。

舟は風の強い海へと入った。波の先が吹きちぎられ飛び散っていた。そのため周りは見えなくなった。しばらく行くと、舟は崖の下に近づき、ぴたりと止まった。太郎は陸に飛び移った。

「太郎さま、陸は異境ゆえ私はお供するわけにはまいりませぬ。お送りしましたら私の役目は終わります。もう竜宮へは戻れませぬ。大海で亀として生きていきます。太郎さまのことは決して忘れませぬ。ありがとうございました」

舟はすっと消えてしまった。海の中に亀が揺れていた。


この海岸から海に乗り出した。戻りたくて戻った。それだけのことではないか。太郎はしいてそう思った。けれども、なにかすまぬ、という気持ちはした。申し訳ないことをしているような気持ちがあった。

いったいどうなっているのだ。夢だ、夢に違いない。太郎はそう思い、海を見た。

少し遠ざかったが亀は見えていた。

岩の上で辺りを見回した。見慣れた風景であった。磯から浜に向かった。浜から村へ入った。村の様子がまったく違っている。見覚えのある家がない。戻ると自分の家がなかった。家のあったところは空き地に。裏手の畑には見知らぬ家が建っていた。

通りかかった人に訊ねた。

「久佐衛門という人の家はどこでしょうか」

「久佐衛門、聞かない名前だな」

「太郎という息子がいるはずですが」

「太郎なんてよくある名だが、近くにはいないな」

誰に聞いてもわからなかった。

「そうだ、お寺だ」と寺に向かった。様子は違っているが寺はあった。門を入るとお寺の人がいた。

「和尚さまは」

「わしが和尚だが」

「いえ、別の和尚さまがおられるはずです。仏教の教典に詳しくて、誰かれなく仏教の教えを説いてくださる和尚さまが」

「仏教を極めた和尚がいたとは聞いているが、ずいぶん前の話だ」

「久佐衛門という者が檀家なのですが」

「久佐衛門、檀家にはおらぬと思うが、念のため過去帳を見てみよう。わしは最近この寺に来たので事情にうといｏ調べておくので明日また来てもらえんか」

太郎はやむなく明日来ることにした。その日は磯の岩陰で野宿した。不思議に腹も減らなければ寒くもない。また眠くもなかった。


翌日、元気に寺に向かった。

「お待たせしました」と昨日の和尚が出てきた。

「わかりましたでしょうか」

「久佐衛門、確かに檀家ではありました」

「そうですか、それで今どこに」

「まあまあ、檀家ではありましたが、三百年も前のこと。お尋ねの久佐衛門さんとは別人でしょう」

「どこの人ですか」

「浦島となっておる。この村の浦島の在ですな」

「浦島の久佐衛門は私の父親です」

「三百年も前ですよ」

「お甲という名はありませんか」

「ありますな。久佐衛門の妻となっておる」

「作次というのは」

「家を継いでおりますな。やはり三百年前に亡くなっておる」

「同じ年に」

「跡を継いで同じ年はない。三百年も経てば同じと申しただけ」

「太郎は」

「亡くなっておりますな。久佐衛門より先じゃ」

「お菊というのは、久左衛門の娘ですが」

「さて、見当たりませんな。嫁に行けばお寺も変わりますから、見当たりません」

「私は久佐衛門の息子の太郎です」

「おかしなことをおっしゃる」

和尚が太郎をきっと睨んだ。容赦しないという目であった。気の弱い太郎はすごすごと寺を出た。村を歩いたが知る人はいなかった。

狭い村である。「変な人がいる」と伝わり、誰も近づかなくなった。腹はすいていなかったが離れたところから握り飯や蒸かし芋を投げてくれる人がいた。自分は「久佐衛門の息子の太郎だ、浦島の太郎だ」と言えば言うほど人は離れていった。太郎は泣けてきた。

村を離れ、磯へ行った。海に飛び込んで死んでしまいたいと思った。ふと玉手箱に気がついた。死にたいと思ったときだけ開けてもよいと言われた。今がそのときではないか。どうせ死ぬのならば、開けてどんなものが出てきてもかまいはしない。そう思った。

「太郎さま、太郎さま」と声がした。声は崖下の海からであった。

「太郎さま、玉手箱は開けてはなりませぬ」

亀であった。

「まだいたのか。広い海に泳ぎ出ればよいのに。私は死ぬことにした。生きていても仕方がない。一人も知った者がおらぬ。変人扱いで誰も口をきいてもくれぬ。三百年、三百年と言われて、わけがわからぬ」

「おわかりにならぬのはそうでしょう。でも三百年過ぎているのです。玉手箱を開ければ元に戻ります。あなたさまは死んでしまいますよ」

「死のうと思っておる。だから開けても不都合はあるまい」

「開ければ元に戻り、死んでしまいます。でももう一度閉じ、再度開けると鶴になり千年生きられます。孤独ですが、大空を自由に飛び回り、千年生きられます。開けたらすぐ閉じて、また開けるのです。三度目に開けると亀になり、万年生きられます。万年生きられますが生涯海の中です。波に揺られてです。開けて閉じるのは急がなければだめです。一度か、二度か、三度か、それはあなたさまが決めること。竜王さまがそう配慮してくださったのです。もう私は人間の言葉は話せなくなってきました……。竜王さまのご慈悲もこまでなのでしょう。太郎さま……さようなら、玉手箱は開けてはなりませぬ……。そのまま生きてくださいまし……」

亀の姿は波間にあったが声は聞こえなくなった。太郎は座り込んで考えた。いったいどうなっているのだ。あの亀の言うことは信じられるのか。「死のう」と思ったのだ。死以上に恐れるものがあろうか。そう思えば何もかもどうでもいいではないか。太郎は玉手箱を開けてみることにした。

一度開けた。白い煙が立ち急に老いぼれた姿になった。空腹を感じた。急いで蓋をして、また開いた。青い煙が立ち気分が爽快になった。急いで蓋をしてまた開いた。紫の煙が立った。満ち足りた気持ちになった。姿は亀になった。海に転がり落ちるよりなかった。

10

どぶんと海に落ちた。どうせ死ぬのだ、と思った。ただ息苦しくなるのがいやだと思った。でもどうせ死ぬのだ、どうでもよいとも思った。

どぶんと落ちると身はふわりとした。浮くでもなく沈むでもなく、水の中でゆらりゆらりとした。

「太郎さん、太郎さん」と亀が近づいてきた。

「なんだ、お前か、やはり言葉が話せるのだ」

「人間の言葉は話せません。亀の言葉です。太郎さんはもう亀でいらっしゃいますから。ご自分でおわかりでしょう。亀の姿になっておられることは。あなたさまは元は人間でした。それは変わりません。でも、もう人間から見れば、あなたさまは単なる亀です。俺は太郎だ、なんて通じません。申し上げましたでしょう。三度開ければ亀になって海を漂うだけになりますって」

「確かに聞いた」

「ですから開けてはだめだったのでございます」

「死のうと思った。死ぬとなれば、開けるか開けぬかなどのこだわりはない」

「では、なぜ三度になされたのですか」

「さあ、よくはわからぬ。どうせ死ぬなら全部やってみようと思ったのかもしれぬ。瞬時のこと、よく覚えてはおらぬ」

「うれしゅうございます。こうして亀で夫婦でいられるのでございますから」

「腹がすいてきた」

「お魚を食べるしかありません。そうでないと生きられません」

「魚か」

「かわいそうで食べられないのでございましょう」

「そういうことはない。これまでも食してきた」

「なむあみだぶつ、とおっしゃるんでしょう」

「獲るときには言ったが、食べるときには言わなかった」

「私もかわいそうだとは思うのですが、生きるために食べてしまいます。亀は藻では生きていけませんから」

太郎は口元へ来た小魚をぱくりと食べた。食べ終えて「なむあみだぶつ」と心の中で言った。

波が少し激しくなってきた。甲羅と甲羅がごつんとぶつかった。

「大丈夫か」と太郎が聞いた。

「太郎さんこそ」と女の亀が返した。

ごつんというぶつかった感じが妙に心地よかった。

手と手がふれた。お互いにかばっている気持ちが通じた。

太郎はこれまでにない幸せを感じた。

女の亀は竜宮を出たことを悔やんだことはなかった。

海は穏やかなときばかりではなかった。荒れると水の中で揺さぶられた。離れ離れになりそうになる。お互いが声をかけ、懸命に手足を動かして、離れ離れにならぬように努めた。

海が荒れたときは考える余裕などなかった。懸命に水の中で奮闘すると、海が凪いだときに幸せがこみ上げてきた。

「大丈夫か、無事か」

「太郎さんこそ」

大海原で苦楽を共にしながら、二人は万年の生を仲良く生きた。


太郎が女の亀と竜宮へ向かった後の留守家族のことを補足しておく。

久佐衛門と作次の留守中のことである。日が暮れてきたが太郎が帰ってこない。「太郎は何かあったのかへ」というばあさまに、「何かあるわけないでしょう。お兄ちゃんは何もしないのだから」とお菊が言っている間はよかったが、夜になっても帰ってこない。三人はまんじりともせず夜が明けた。お甲は網元の所に走った。網元のだんなが漁師たちに声をかけてくれ、朝から総出で探してくれたが手がかりは全くなかった。お菊も太郎の行きそうなところを歩いたが徒労であった。太郎が行方不明になり、留守の家に残された三人は途方にくれた。針の筵であった。

久佐衛門と作次が帰って来たのは三日後であった。久佐衛門はお甲から話を聞いたが、聞くだけで一言も発しなかった。「網元さんにご挨拶してください」と言われ久佐衛門はすぐに出て行った。戻ってきたのは、だいぶ時間がたってからであった。

「留守中、ご苦労であった。太郎のことは仕方のないことじゃ。風もない晴れた日だ。網元さんも事故など起こりえない日だと言っておった。どうなっているのか全くわからぬが、太郎には太郎の考えがあってのこととしか思えん。お寺の和尚さんにも聞いてみた。太郎が相談をしていたのではないかと思ったからじゃ。相談はなかったそうだ。だが、和尚さんもわしと同じ考えであった。和尚さんが言うには、太郎は和尚以上に仏であったと。どのようになろうが太郎は太郎なりに納得しているだろうから嘆き悲しむには及ばぬと。わしもそう思う。葬式を出そう。そしてこの家は作次が継げ」

作次は当主になり、田畑と商いを継いだ。讃岐への商いは久佐衛門と続けた。だが、作次は自分が次男であることを自覚していた。太郎がいなくなった日を命日とし、毎月その日は必ず浜に出た。そして、海に向かって「太郎兄いをよろしく頼む」と手を合わせた。通夜の夜、網元のだんなが「あんなに魚や亀や鯨に好かれたお人はいませんよ。死んだんではなく海で彼らと遊んでいますよ」と言ったからである。

作次も太郎と同じように、生涯海の生き物を大切にした。

改作お伽話

猿蟹合戦

1

場所は大きな山の谷あいである。頂上からなだらかに下る二本の尾根の間を細い川が流れている。尾根の稜線と川との間は緩やかな傾斜地で照葉樹林の森になっている。生き物たちはそれぞれ自分に適したところに棲み分けていた。猿は頂上からだいぶん下ったところの傾斜地の森を根城にしていた。猿は群れをつくり、それぞれの群れは、お互いに距離を置きながら自分たちの縄張りをつくっていた。

その森の中に大きな岩がいくつもかたまってあり、その周りには樹木はなく、小さな空き地になっている所があった。そこに一つの猿の群れが集まっていた。大きく、色の黒いボスザルが一番大きな岩の上にどっかと座って辺りを見回した。岩場をいろいろな猿が取り囲んでいた。老若男女、子連れもいた。

顔がいかついボスザルが口を開いた。

「みんな聞け、こう食い物がなくては餓死者も出かねぬ。誰でもよい、何か考えがある者は言ってみよ」

誰も声を発しようとはしなかった。皆、元気がなかった。赤茶色で筋肉質で見るからに強そうなデーボという猿が口を開いた。

「憎いのは人間のやつらだ。こう食い物に困るのは人間のせいだ。勝手にこの谷に入ってきて開墾したはいいが、住みづらくて逃げ出していった。ただ逃げ出せばいいものを、腹いせに畑は掘り返し、栗の木も柿の木も根こそぎ引き抜き、何もなしにしていった。それで急に食い物がなくなった。あいつらが悪いんだ。人間が来て、少しは食い物にありついたが、今度は、まったくなくなってしまった。俺たちは持ち上げられてドスンと落とされたようなものだ。それでこの様なのだ」

ケンジャと呼ばれる、いつも難しい顔をしている、痩せ細った白っぽい老猿がデーボに向かって言った。

「そういうお前が人間を追い出す急先鋒だったろう。お前さんが人間の家の中に入って、人間をいたたまれなくしたんだろう。その仕返しを受けたということも言えなくはあるまい」

「ケンジャ、では、俺が悪いというのか。人間ではなく、俺が悪いというのか。やつらはすぐ石を投げてきた。木の高いところに逃げ込むと棒を打ち込んできやがった。何人もの仲間が人間の犠牲になった。少しばかり仕返しするのは当たり前だろう。人間はおとなしく出て行けばよかったのだ。木を引っこ抜いたり、畑をひっくり返したりしやがって」

一息入れてデーボは続けた。

「それに、栗や柿は人間のものか？　お天道さまがあればこそ栗も柿も実る。元をただせば、みんなのものだ。ほんの少しいただいて、どこが悪いってんだ。ケンジャはそうは思わんのか」

「お前の考えはそうだろう。仮にそれが正しいとしてもだ。それが相手の考えとは限らぬ。相手には相手の考えがある。両方の考えをどうつき合わせるか、それが難しい……わしも人間がよいとは思わぬ。しかし、人間を追い出したはいいが、この様だ」

オババと呼ばれる最高齢の小柄な雌猿が言った。

「わしは長く生きてきた」

そう言ってギロリと見回した。

「人間が来たのは、ついこの前だ。おそらく人間の村に住めなくなった家族が、こんな奥まで入り込んできたのであろう。悪いやつではなかったかもしれぬが、人間は人間の生き方をする。それに振り回されたのだ。人間が来て食べ物にありつけるようになった。その人間がいなくなって食べ物に困っている。でも、食べ物がないことは、人間が来る前からよくあった。人間が来る前を考えてみることじゃろう。そういうときは乏しい食べ物を分け合った。群れが仲ようすればなんとかなる」

ボスザルが言った。

「オババの言う通りじゃ。人間が来てからこの群れは豊かにはなったが、それはどの猿もということではなかった。デーボやキビンやアシバヤのように、動きのいいやつはいいが、弱い者は恐れて暮らさねばならなかった。食い物にもそれほどありついてはいない。おこぼれをもらっただけだ。過ぎたことを言っても仕方なかろう。今どうするかだ、デーボ、お前はどう思う」

「ボス、少し隣の群れの方へ食い物を取りに行ってはどうですかい」

「デーボ、それはなかろう。人間がいたとき、ここは俺たちの縄張りだと言って、隣の群れには食い物をいっさい取らせなかった。人間に近寄ることもさせなかった。それがいまさら隣へ行けば争いになるのは間違いない」

背が高くハンサムな若いトオルが言った。

「人間が来てから猿の数が増えた。子どもがめったやたら多くなった。それに長生きするようにもなった」

オババがギッと睨んだ。トオルは黙った。

キビンが手を挙げた。中年の、小柄だが見るからにすばしっこそうな焦茶色の猿である。独身を通していた。戦いに強く、動きが速いのでボスが頼りにする存在であった。

「食い物はみんなで集め、みんなで分ける。足りなければ、みんなが少しずつ我慢する。それしかねえよ」

キビンはそう言うと、近くにいた子連れのカオリに木の実を渡した。カオリは一瞬驚いたが、キビンに何度も頭を下げた。キビンは少し離れた双子連れのスミレにもやった。美人の子連れのユリリには、離れていたのでやらなかった。ユリリの脇にいたギンが「ヒュヒュヒュ」と声を上げた。ユリリにもという合図であったが、キビンは知らぬ顔であった。ギンは中年の小太りの雌猿で、若い雌猿たちに慕われていた。

オババが、「昔は皆で分け合った。どんなに食べ物がなくても子どもたちには喰わした。そうしたもんだ。キビンの言う通りじゃと思う」とキビンに賛成した。

ボスザルがぐるりと見回して言った。

「みんな聞け、食べ物はみんなで分ける。それでよいな」

見回したが反対する者はなかった。

「食い物を取った者は俺に見せろ。本人のものにするか、群れに出すかは俺が決める。群れに出した食い物はシンに分けてもらおう。違反した者は俺が許さぬ。この俺がボスだ、いいな」

シンとは老年の白っぽい雄猿、みんなの信頼が厚かった。

「異論はないな。明日からそうする。それと言っておくことがある。食料がないのはどの群れもいっしょだ。それで縄張りをしっかり守らねばならぬ。デーボやキビンにはすでに頼んである。弱い者はあまりはずれには行かぬように。何が起こるかわからぬ。よいな」

ボスザルはまた見回した。

「解散だ」ボスザルがそう宣言したが、誰もすぐには動こうとしなかった。皆、不安であったのだ。

2

人間が住んでいたのは、猿の群れがいた岩場から少し下った川のところ、森の中から流れ出した水が小川となって谷の川に流れ込む場所であった。そこは川が湾曲していて少しだが平地があった。そこに小さな家を建てて年配の夫婦と息子の三人が住んでいた。息子は弓矢を使えた。田んぼを作ったが、ほんの少しで一人分の米も穫れなかったであろう。家の周りを畑にして、食べられるものを多種雑多に植えていた。緩やかな斜面を利用して栗の木を植えた。収穫して売りに行っていたようだ。柿の木も植えていた、いずれ干し柿を作って売るためであったろう。村から連れてきた牛が一頭と鶏が数羽いた。元いた村では、牛は田を鋤かせたり車を引かせたりしていたのであろうが、ここでは村や町と行き来するときに荷を背負わせるだけであった。鶏は卵と肉が貴重であった。

持ってきた食料でしのぎ、しだいに自活するようになっていたが、人間が暮らせるような土地ではなかった。作物を作っても動物にやられた。果物や木の実は猿に取られたり鳥につつかれたりした。鶏も一羽が何ものかに殺された。住めない状態をいっそう募らせたのは猿である。勝手に家の中に入ってくる。大事にとっておいた食べ物は盗んでいってしまう。猿が家の中に、音もなくすっと入ってくるのではないか、すでに入っていて隠れているのではないか、ということへの恐怖が人間にとっては耐えがたいことであった。息子は弓矢で猿を脅したが多勢に無勢であった。三人は耐えがたくなり、家はそのままに、川下の方へと逃れていった。

人間は猿に追い出されたようなものであった。その後どうなったかはわからない。牛と鶏は連れていった。畑をつぶしたり栗や柿の木を根こそぎ引っこ抜いたのは、猿への仕返しというよりは、自分たちの来る前の状態に戻したつもりであったようだ。あいかわらず猿が家の中に入ることはあったが、食べ物がないのですぐ出て行った。そして、今では家に入らなくなっていた。家屋は空き家となり、使っていないので、朽ちるのは時間の問題であった。

家の中の屋根裏に残された臼《うす》は、不思議な力を持っていた。風の吹く夜は森の巨木と話すことができたのだ。年数の経った巨木には霊が宿っている。霊は樹にこもっているので移動できないが、風が吹く夜はお互いを感じ、意思を通じさせることができた。巨木が朽ちれば霊も消えるのだが、巨木が何らかの形で残ると、たまたま霊はそこに生き続けることがある。人間が住む家を建てるので大きな欅を切り、その太いところを生かして臼を作った。それで臼には霊がこもっていたのである。

風が吹く夜であった。臼は仲間の樹の霊に森の様子を聞いた。

「森はどうだ」

それに樹の霊が答えた。

「気候のせいか、人間が森を荒らしたからか、どの生き物も食べ物がない。俺たちは地下の養分と水とそれに太陽の光で生きているが……それにしてもお前さんは人間がいなくなってどうなのだ」

「どうもこうもない。出番は、まったくなくなってしまった。今いる家も人間がいなくなったのでいつ朽ちるかわからない。そうすれば俺も朽ちる。朽ちるのはもう時間の問題だ」

「弱気だな。先のことはわからんよ。人間たちが思い直して戻って来ることはないのかね。そうすりゃ、お前さんは森の樹の霊と違って、人間に大事にされて、まあ永遠に生きられる」

「いずれにせよ朽ちるさ。永遠なんてことはない。人間は帰るまい。作物はやられ、家の中まで荒らされ、参っていたから」

「人間は油断ならないのではないか。困ったようなふりをして一旦はいなくなるが、また不意をついて帰ってくる。前の経験を生かして今度はこうする……なんて知恵が人間にはある」

「まあ、人間はどこへ行っても住みづらいから、住みづらさを比較して、こちらがましだとなれば帰ってくるかもしれない。彼らの、もうこりごりだ、は当てにならないからな。畑をつぶし、木は引き抜いていったが、家を残して行ったのはひょっとしたらそんなこともあろうかということかもしれぬ」

「そうだろう。人間なんてそういうものだ。きっぱりするなんてことは人間にはないのだ」

「そうだが、猿には参っていたな。食べ物はいろいろなやつにやられたが、工夫すれば全部やられるわけではない。知恵を使えばなんとかなる。しかし、猿が家の中に入ってくるのは耐えがたかったらしい。人間は周りといっしょに生きるという考えがないから、自分たちだけになれないと耐えられないんだよ、怖くて」

「牛や鶏とはいっしょにいたろう」

「あれは例外だ。人間は、あれは自分たちの持ち物だと思っている。猿は持ち物ではないから怖いんだ。俺の方はともかく、森はどうなんだ」

「猿の群れが一番困っている。食い物がない」

「人間がいなくなると猿は盗むものがなくなるからな」

「それもあるが、猿が増えたこともある。いくら猿でも仲間は襲えまい」

「それもそうだ。また様子を知らせてくれ」

そうして夜は静かにふけていった。

3

猿がまた集まっていた。ボスザルが口を開いた。

「食い物はどうだ」誰も何も言わなかった。

ボスザルがぐるりと周りを見回して太い声で言った。

「みんな、よく協力してくれている。シンも分配を公平にしてくれている。しかし、子連れにはもう少しなんとかしてやりたい。なんとかならぬか」

誰も何も言わなかった。ボスザルが重ねて言った。

「なんとかならぬか。ケンジャ、どうじゃ」

「何ともなりませぬ。何ともなりませぬが、あえて言えば策は一つあります」

とケンジャは口ごもった。

「あえて言えば……なんじゃ、それは。言ってみろ」

「川まで下りるのです。上に行っても食べ物はありません。森を横に行けば他の群れと争いになります。どの群れも食い物がありませんから、生きるか死ぬかの争いになります。川へ下りれば何かありましょう」

「川？　川は不吉な場所じゃ」とボスザルは反対であった。

オババが目をむいて言った。

「川へは行ってはならぬ。昔からそう言われてきた。川のそばには森のようには木がない。猿は襲われたら逃げるすべがない。だからじゃろう。それに川には猿の食べ物はない。昔から鳥の餌場じゃ」

「川でも場所によっては木はあるぞ、なあマコト」とトオルが言ったが、マコトは知らぬ顔であった。トオルとマコトは仲がよく、いつもいっしょにいた。

ボスザルがケンジャに言った。

「ケンジャ、川まで下りて猿の食い物はあるのか」

「ボス、普通に考えたらありませぬ。オババの言うように魚は鳥だから捕らえられるのです。猿には無理です。しかし、川の岸や浅瀬に蟹がいます。ここまでひもじくなったら蟹を食べるしかないのでは」

デーボが言った。「蟹は鳥でも食わん。猿は口の中が甲羅でやられてしまう」

ケンジャが、「ボス、よく聞いてください。デーボの言う通り、蟹には甲羅がありますから猿の口には合いません。あの人間でもこの川の蟹は食べていません。しかし、それしかないでしょう」と主張した。

ボスザルは「ケンジャ、味はどうじゃ」と質《ただ》した。

「私も知りませぬ。あんなに小さい沢蟹、旨くないに決まっています。しかし、旨いから食べるのではないのです。生きるために食べるのです」

「ケンジャ、わかった。若い者何人かに試させよう。他の猿との争いにはならぬか」

「沢蟹を食べる猿はおりませんから争いにはなりませぬ。その点は大丈夫です」

デーボが若いトオル、マコト、クニオ、タケシたちを引き連れて試した。ほんの少しは腹の足しになった。

森にいる猿が集団で川まで下り、川岸や浅瀬で何かを食べている、それは異様な光景となった。蟹以外の誰にも迷惑はかけない代わりに、誰からも食われることのなかった蟹にとっては災難であった。岩の間をうろちょろしていた蟹は恐怖に陥った。

「みんな食べられてしまう」と蟹は大騒ぎした。

4

臼は屋根裏で退屈していた。もっともそれはいつものことであった。下に差し込む光で外の天気がよいことはわかっていた。隙間から家の中に蜂の群れが入ってきた。

家の中を一通り飛び回ると、それぞれが思い思いのところに留まった。屋根裏にも何匹か来た。

「訪ねてくれるのはうれしいが、どうして飛び回ってから落ち着くのかね。初めての家でもないのに」

「どんなところか飛び回って見るのが蜂の習性なんだ。何をするにも飛び回って様子を見てからなんだ」

「まあ、わかったことにしておこう。それで外を飛び回って何かあったかね。この家の中はご覧の通り何も変わっていないがね」

「実は困っているんだ」と別の蜂が答えた。

「何がだ」

「花が減ったんだよ。人間が育てる植物は意外と花が多いんだよ。それでぼくたちは花に困らなかった。それが人間がいなくなって、だんだん少なくなってきた。花の蜜でなにぶん生きているんで、仲間が減ってきた」

「花が減って困っているってのか」

「まあね、そういうことだ。人間が来る前は花は少なく、ぼくたち蜂も少なかった。元に戻ったと思えばいいのだけどね。だがそれは理屈さ。仲間が減っていくのは、言うに言われぬ寂しさがある」

「それはそうだろうが、俺のことを考えてくれ。人間が出て行ってから何もすることがなく、ひとりぼっちになって、この様だ」

「この様とは言うが、森の仲間とは話はしているんだろう。まあ、森の大きな樹はあまり変わりはない。皆、無事だよ」

「猿はどうしている」

「食い物がなくて困っているさ。ぼくたち蜂は猿とはかかわりがないから涼しい顔をしているが、猿は人間がいなくなって食物がなくなり、こたえているね」

「なら、花がなくなったお前たちと同じってことだろ」

「そう思うだろが違うんだ。ぼくたち蜂は生まれてすぐ死ぬ。花がなければ力がなくなるから生まれる蜂は少なくなる。今いる蜂はすぐ死ぬから花の数に合わせた数になる。寂しいけれど深刻ではない。ぼくたちには共食いなどという悲劇もない。猿は数が減らないから、それは大変さ」

「猿は共食いを始めたのか」

「そう早まるな。猿は共食いはしないよ。それはないさ。しかしね、猿には知恵がある。なんとか必ず考えてくるさ」

「人間と同じか」

「同じと言えば同じだが、人間以上に困ったことがある。猿は住んでいる世界が狭い。ほれ、ここにいた人間は三人揃って出て行ったろう。別の世界を知っているから。だが、この猿はここしか知らない。だから、ここで何かするのだ」

「用心しなけりゃいけないってことか」

「そういうことだが、ぼくたちは花の木を少しやられるぐらいだ。この家も、もう猿にとっては何もない。被害など起きようはずがない。猿がどんなに腹をすかせても臼を齧ることはないさ。蜂も食われることはない」

「そういえばそうだな。俺など齧ってもうまくはないわ。お前さんたちの巣はどうなんだ。大丈夫なのか」

「用心はしないとね。猿の来られないところに巣は作ってある。猿は重いから木に登るといってもどこにでもではない。小枝や枯れた枝は無理だ。それにもし猿が巣に近づいたら、ぼくたちが雲のように群がって猿に襲いかかる。これはけっこうこたえるらしい」

「なるほど、なるほど」

「なるほど、じゃないよ。心配は心配なんだ。猿が腹をすかせている、困っているって伝えに来たんだ」

「わざわざか？」

「まあ、そういうところだ。妙なことがある。猿がちかごろ川へ下りている。あんなところに」

「わかった、しかし、猿が川へ下りても何もなかろう？」

「そう思うんだ。ところで、お前さん、お前さんも人間がいなくなって困った口だろう。ここだけの話だが」

「どうして」

「どうしてって、お前さんは人間がいなければ何の存在価値もない。花が減って困っているぼくたち以上だ。人間はみんなの敵。それはそうだが、それは建前のところもある。ここだけの話だが、少しなら人間がいた方が蜂にはいいんだ。おおっぴらには言えないけどね。人間に殺された生き物は多いし、森も川も人間に荒らされたから」

「…………」

「じゃ、あばよ。今のはここだけの話」

蜂は家の中を飛び回ると群れをなして飛んでいった。

その夜、風が吹き、森の樹が臼に話しかけてきた。

「人間がいなくなったが達者かね？」「なんとか」「ひとりぼっちなのか？」「蜂が来たり

してる」「それはよかった、じゃな」

簡単に話は終わった。

5

臼は屋根裏で退屈していた。外は晴れているらしかった。土間で動き回る者がいた。臼は下に向かって言った。

「なんだ、牛の糞か。まだ生きていたのか」

「まだ生きていたのかはご挨拶だな。でもまあ、そんなところだ。なんとか生き残っているけど、消えてなくなるのは時間の問題だ」

「そんなことはないだろう。寿命なんてものはわからんよ」

「なぐさめはいい。人間が牛を連れていってしまったろう。だから俺たちの後継はもうできないのさ。風に吹かれ雨に打たれ、いずれ消えるのが運命さ。運よく俺は屋根の下、それでまだ無事だが俺が消えるのも、もう時間の問題さ」

「…………」

「運命なんだ。わかっている。だが、自分だけでなく仲間もいなくなる。俺が死ねば牛の糞はもうなくなると思うのは寂しい」

「人間が戻ればいいってことか」

「めったなことは言うまい。この谷では人間をよく思っているやつはいない。いろいろ被害を受けたからな。それに牛の糞は嫌われ者だ。牛はよく食った。とにかくよく食ったからな。牛の糞はその果てだから。それに臭い、誰も好かんよ。まあ、畑のこやしで役に立つだけだから。お前さんだって俺たちのことは嫌いだろう。言わなくてもわかっている。で、土間の隅で見つからないように隠れていたんだ。しかし、こう軽くなっちまうとちょっとの風でも転がされてしまう。今もそうさ、それで見つかってしまったってわけだ」

「好きとは言いきれぬが、いろいろなものがいることは認めねばならない。そう遠慮することはない」

「遠慮するさ、しかし、こんなになっちまうとどうしようもない」

そこへ栗たちが入ってきた。三人であった。

「何か相談でもしていたのかね」

「いや別に、牛の糞と久しぶりに会って挨拶しただけさ」

「挨拶？　同じ家にずっといて、げせないな。この家を荒らした猿のことを話してたのではないのかね？　われわれ栗は猿にずいぶん喰われた。それだけではない。猿が人間を追い出したので、人間は怒って栗の木を全部引っこ抜いてしまった。牛の糞ほどではないが、われわれ栗も滅びるのは時間の問題だ。猿をなんとかする相談なら一口乗せてもらいたいと思ったのだが、違うのか？」

臼が答えた。「人間と猿の争いに首を突っ込むつもりはない。猿も評判が悪いが、人間の評判はもっと悪かった」

「臼、お前さんはそんなことは言えまい。われわれ栗と違って人間がいなければ何の意味もないんだから」

そこへ蜂たちが入ってきた。例によって家の中を飛び回ってから適当なところに留まった。臼が蜂に聞いた。

「蜂、森の様子はどうだ」

「森はあいかわらず食べ物がないね。栗など見つかれば猿にすぐ喰われてしまうよ。気をつけないと」

「気をつけるさ」と栗は言った。「仲間はずいぶん猿に喰われたが、われらはまだしぶとく逃げている。もっとも、いつまで逃げられるかわからないが。へたをすると栗が絶えてしまうことになる。木は人間に全部引き抜かれてしまったから」

臼が聞いた。「蜂、何か変わったことはあったか」

「おおありさ。猿が川まで下りていることまではわかっていたが、なんと沢蟹を食べているんだ。なんと猿が沢蟹をだよ。蟹はもう大騒ぎさ。大勢の蟹が川岸で右往左往しながら、猿のやつめ、猿のやつめ、ってつぶやいている。大勢が同じことを言うから、それが聞こえるね」

「お前さんはそれを黙って見ていたのかね」と臼が批難した。

「基本的にはな」一呼吸おいて「蜂にとっては猿も蟹も関係ない。争いのどちらにも味方しない。それが蜂の生き方さ」と蜂は臼に答えた。

「冷たいもんだな」と臼と栗と牛の糞が同時に言った。

「ぼくたち蜂は基本的には中立さ。基本的にはな。あまりに蟹がかわいそうなので、群れで猿の周りを飛び回ってやった。そうしたら猿は耐えかねて川から森へ逃げ帰った。蟹たちは喜んだね。蟹のやつ、全員でぶつぶつ、蜂さんありがとう、って言うんだ。大勢で揃えて言うから確かに聞こえる。照れて、ここへ飛んできたんだ」

「蟹を助けてやるか」と栗と牛の糞が言った。

「少し猿をやっつけないと蟹は全滅だね」と蜂が言った。猿をやっつければ人間が戻るかもしれないとみんなは思ったが、それを口には出さなかった。臼が言った。

「どうだ、みんなで蟹を助けてやろう。でも、どうするかだ。俺など外へ出て猿を懲らしめることはできない。見ての通りだ」

牛の糞が言った。

「へ、へ、へ、猿をおびき寄せるんだよ。向こうから来させるんだ。土間の下に食べ物が埋めてある。それを掘り出し、まず少し外に置く。それを猿が見つければ味をしめて、また来る。また少し置く。次は家の中だ。猿は中に入ってくるさ。そこをみんなで痛めつける。なに、殺さなくてもいい。少し痛めつけてやればいい。二度とこの辺りに寄り付かなくすればいいんだ。川にも金輪際下りないようにしてやればいいんだ」

臼が聞いた。「土間に食べ物が埋めてあるってほんとか。食べ物は全部人間が持っていったのではないのか」

「ここでウソをついてどうする。お前さんから見えないところだが、人間は埋めていったんだ。埋めた場所は俺が知っている。俺は食べ物は関係ないから放っておいてある」

蜂が言った。「そうと決まれば、ぼくたちも協力する。猿の周りを飛び回って、食い物があるって吹き込んでやるよ。それに、蟹が猿を恨んでいるってことを森中にふれて回る。それが利口なやり方だろう」

「大将は誰にする?」と栗が聞いた。蜂が答えた。「それは臼さんでしょう。見た目、一番大将らしいよ」。

「よし決まった」と栗が言った。

6

いつものように猿が集まっていた。ボスザルが集まった仲間を見回したが、すぐには声を発しなかった。状況が悪いので皆を安心させるために集めはしたが、打つべき手もない、したがって言うべきこともなかった。しばし沈黙が続いてから、ようやく口を開いた。

「デーボ、川の方はどうだ」

「へい、ボス、若いのを連れてってますが、かんばしくありません。ちょっとじゃまが入りやした。蟹は喰われるので騒ぎ立てる、ぶつぶつと憎っくき猿め、と言う。それは堪《た》えます。こちらも生きるために喰うしかないので。喰われる蟹がぶつぶつ言うのは仕方ない。ところが、関係のない蜂が群れをなして、蟹が怒ってるって言う、蟹が怒るのはもっともだが蜂は関係ねえ。しかも、たまにだが、蜂が蟹をかばってわれわれを襲う」

「刺すのか?」とボスザルが聞いた。ケンジャが答えた。

「蜂というものは向こうからは刺しません。自分の身が危ういときだけ、自分を守るために刺すのです。猿を襲って刺すことはないでしょう」

デーボが続けた。「そうだが、蜂の群れに周りを飛び回られると参る。針を持っているんで、目でも刺されたらと……」

ボスザルが聞いた。「それでどうしてるんだ」

「続けてますが、行く者は減らしてます。それに、ときどきはやめたりしてます。少しは喰うが、皆殺しではないと蟹が安心するように」

ボスザルの顔がくもった。

「蟹もかわいそうなものだ。なるべくならやめたいが、われわれも生きるためだ。やむをえぬ」

ケンジャが言った。「蜂は川だけではありません。蟹が猿に怒ってる、と言いながら森のあちこちを飛び回っています。蜂は誰の味方もしないはず、おかしなことです」

ボスザルも言った。「この前は、この俺さまの周りを飛び回りながらそう言っておった。俺はそんなことで怯みはしない。方針は変えぬ。デーボ、これからも川へは行け」

クニオが上目づかいで言った。クニオはいつも上目づかいであった。小柄だが気が強い。

「ボス、このままでいったら、この群れは共倒れですよ。強い者が弱い者を助ける、それもいいでしょう。でもそれは、食べ物を分ければみんながなんとか生きていけるとき。今みたいに食い物がないと強い者も弱っちまいますよ。戦える者がいなくなり襲われますよ。

ボスは、子連れを大切にせよと言いますが、もう少し食べ物を取って来た者に与えないと群れは全滅ですよ」

「クニオ、俺は方針は変えぬ。群れは仲良くだ。足りないときは平等に、これがこの群れの方針だ。昔からそうであった」

「ボス、この群れは子連れが多すぎるんですよ。昔からこんなに子連れはいたんですか」

「子連れも、子猿もみんな仲間だ。弱ければ守ってやる。それが群れだ」

「わかりました。ボス。俺は納得できませんから俺の考えでやらせてもらいます。取った食い物を一人じめしようなんてことはしません。しかし、誰を生かすか、誰に与えるかは、俺が自分で決めます。自分が判断します」

そのときだった。ボスザルが電光石火のごとく動いた。クニオに襲いかかると集まりの外に追い出し、そこで投げ飛ばし、首をねじった。最後に喉を噛み切った。それはあっという間であった。何事もなかったようにボスザルは岩の上に戻った。

「俺がボスだ。俺の方針に背くやつは容赦しない。死体は遠くへ放り投げておけ。弔いなどは無用。いいか。食い物が少ない。誰も腹が減っている。気も立っている。少々のことはよい。だが、仲間割れしてはだめだ。結局はみんなが損をする。仲間に入った以上、誰もが仲間だ。誰はよい、誰はだめだ、と言ったらおしまいだ」

そう言うボスザルの顔は悲しげで、目にはかすかに涙があった。トオルとマコトは驚いて固まっていた。ギンはそばにいたユリリとその子どもをそっと引き寄せてやった。オババはかすかにうなずいていた。そのオババの目には涙があった。集まっていた猿たちは驚いて声もなかった。

ボスザルはひときわ声を大きくして言った。

「みんな聞け。あらゆる手を尽くして食べ物を確保しよう。ケンジャは知恵を出せ。デーボは若者を川に連れていけ」

誰も動こうとしなかった。ボスザルが大声で言った。

「解散！　解散だ！」

ケンジャが皆に立つように促した。デーボが立った。その傍で双子連れのスミレが立った。キビンとトオルとマコトがクニオの遺体の方に向かった。その後をタケシが追った。オババがカオリの手をとって立ち上がらせた。皆がようやく少しずつ動きだした。

7

その日は、ボスザルは岩の下にいた。ケンジャが横にいた。そこへキビンに連れられてオババがきた。

ボスザルの前に座らされたオババが言った。「ボス、何かご用で」

「なに、特別のことはないのだが」とボスザルは言ってオババの顔を見つめた。オババは何もなく呼ぶわけはないと思案した。思い当たることは一つであった。先日の集まりの後、オババはクニオの骸《むくろ》にそっと手を合わせたのであった。「弔いは無用」というボスに背いてはいた。だが、手を合わせただけであった。

「ボス、キビンがわざわざ呼びに来た。何もないことはないじゃろう。わしがクニオの骸に手を合わせたことをお咎めですかい」

ボスザルがおもむろに言った。

「クニオの弔いは無用と言ったが、個人の心まで縛りはせぬ。オババよ、クニオも仲間であった。オババが手を合わせてやったのはむしろよいことじゃ」

「ではボス、なんでわしを呼びつけたかね」

「オババ、オババは秘密の場所を知っておろう」

オババは黙ってボスの顔を見るだけであった。ボスザルはオババに近づき、手をオババの肩にそっと置いた。そして静かに言った。

「オババは食べ物がとれる秘密の場所を知っておろう」

オババはボスを睨みつけた。「なんちゅうことを言う。そんなもの知るわけなかろう」

「母親から娘に、食べ物が取れる秘密の場所が伝わっておろう。親から娘に伝えられる秘密の場所が」

「そんなものありゃせん。この狭い縄張りのどこに、そんなところがありやすか？」

「大それたことではない。この木の根元とか、この岩の裏だとか、そこは他の女は手を出さない、違うか」

「食べ物など取れはせん。ほんの気休めよ。食い物にありついたなんて聞いたことない」

「オババ、咎めているのではない。取り上げようというのでもない。オババには娘がおらん。オババの秘密の場所を誰かに譲ってやれば、とケンジャと話していたのじゃ」

「食い物がないというのは、こんなもんじゃありやせん。もっと食い物がなくなったとき、子連れは子どもの面倒が見られず死にたくなる。そのとき、おっかさんが教えてくれた場所に行く。生きようという気になれる。食い物があるわけではない。あるかもしれないというだけじゃ。そういう場所ならある。わしのそれはとうに若い子連れに譲った。どこと も、誰にとも、口がさけても言わん」

オババはボスザルを睨みつけた。

「さすがはオババじゃ。そうであったか。俺たちはそうとは知らず、誰かに譲ってやってはと言おうと思っておったのじゃ。とんだ恥かきもんじゃった。オババ、もうとやかく言わぬ。オババがよく教えてやってくれ、子連れたちを励ましてやってくれ」

「承知いたしやした」

オババは何度も頭を下げてから引き下がった。ボスザルの顔が微笑んでいた。

「ケンジャ、さすがはオババじゃ。見上げたものじゃのう」

8

蜂たちが家に飛んできた。いつものように家の中を飛び回ってから留まって、屋根裏の臼に話しかけた。

「臼さん、猿め、ついに仲間割れですよ」

「ホントか？」

「仲間割れかと思ったが、今のボスはしっかりしている。反逆者をやっつけてしまった。あそこで倒さなければ何人かが付いていって、群れが割れるところだったのだが。それにしても、猿は、追いつめられているよ」

「蟹はどうしてる」

「あいかわらずだね。少なくなったが猿は川に蟹を食べに下りている。蟹は、憎っくき猿め、と騒ぎ立てる。ぼくたちが群がると猿はたまらずに逃げていく。でも、猿はあきらめてはいないね」

「森の方はどうだ」

「その点はうまくいってる。蟹がかわいそうだ、というぼくらのふれこみが知れ渡っている。蟹が、憎っくき猿めと言うのもだんだん伝わっている。蟹を助けてやりたいと思うものがほとんどになったね」

栗たちが「うまく行ってるな」と言いながら入ってきた。

臼がおもむろに言った。「なら、いい。そろそろ猿をわなにかけるか。食料は少しだが牛の糞の言う通りであった。ほんの少しの米と干し柿があった。まず栗が干し柿を戸口に置く。蜂はそれを猿にそれとなくふれてほしい。一度は成功させよう。次は家の中、あわてることはない。これも成功させてやろう。その次に痛めつける。もうこりごりというまで。そしたらまた蜂が、それをふれて回る。猿はもうこの家には近づくまい。川にも行くまい」

「なるほど。キビンにすりこんでやるよ。彼は必ず一人で来る。そして、柿はひとりじめせずボスザルに報告する。そうすれば群れがひっかかる」

「うまくいけばいいが。猿は何人ぐらい来るだろうか」

「戦いではないからね。盗みにくるのだから数人かな。二度目にはキビンは来ない。一人で行動するやつだから」

「キビンはどうなる？」

「群れにいづらくなる。彼の情報で仲間がやられたとなればね」

「蟹はどうする」

「どうするって？」

「ここへ連れて来ることはできぬか」

「それは無理。ではこうしたら？　憎っくき猿の敵討《かたきう》ちだ、と言わせることにする。そうすればこの計画が蟹の敵討ちとなるさ」

「猿はどうする」

「猿にも蟹がかわいそうだって吹き込むよ。猿がわからなければ意味がないからね。蟹を痛めつけたからすべてを敵に回したと思わせる。それが肝心さ」

「それはそうだ。戦いは、とにかく、俺がドスンと猿に全力で体当たりする。猿などいちころよ」

栗たちが、「われわれもやるさ。われわれは猿の頭をぼこぼこにしてやる。臼がやるのはそのあとでいい」と言った。

「おっと俺も忘れないでくれ、猿の足下をうろちょろして猿が動きにくくしてやるさ」と牛の糞。蜂も「ぼくたち蜂も猿の周りを飛び回ってやる」と乗った。

「よし、では第一弾は蜂に、第二弾は牛の糞と栗に任せ、第三弾は全員でやろう。俺は大将にトドメをさす」と臼が言った。

皆少し興奮してきていた。

9

ボスザルは岩の下にどっかりといた。小柄なキビンがそっと近づいた。

「ボス、これを持って来ました」

干し柿が一個であった。「人間のいた家の前で、これを見つけました。わしが睨んだところでは、家の中にはまだ食べ物があるみたいで」

「それはどこにあった」

「家の前、戸口の近くに落ちてました。誰かが運ぶときに落としたのでは。人間はいません。それは何度も確認してますから、間違いありません。猿以外は誰も家には入らないと思っていましたが、誰かがうまいこと盗んで逃げたんでしょう。そのとき、一個落っことしたのでは」

「そう思っていいか」

「そうとしか考えられません」

「たった一個だ。どうして自分で食わなかった」

「決まりだからでさ。そういうことですが、ボスが様子を見に誰かやるかもしれないとも思って」

「お前が行ってくれてはどうだ」

「ボス、家の中へ入るには一人はよした方がいい。見張りも立てておかないと。ところがわしは一人でしか動きませんから」

「お前でなければ誰がいいと思う」

「やはりデーボですかね。若いのを動かすには」

「俺もお前でなければデーボだと思う。お前のもってきたことだ、デーボを行かすがよいか」

「いいも悪いも、そのつもりでの報告ですから」

翌日デーボが若いのを二人連れて様子を見に行き、干し柿を二個持ち帰った。

「デーボ、でかした。それでどんな様子であった」

「家の中の様子を見ようとしたら入り口近くに二個干し柿が、様子を見ると誰もいない、それで用心して取るとすぐ逃げました。誰かいるのか、誰が来よるのか、しばらく見張りが必要でしょう。誰もいなければ、家の中を一度探ってみます。食い物がまだ隠されていることは間違いねえでしょう」

「用心しろ、用心に用心だ。しかし、みすみす見逃すこともない」

「三日間、見張り、それで何もなければ、用心しながら中を探って見てみやす。今回は干し柿を手に入れたので、大急ぎで逃げ帰ってきましたんで」

「よし、デーボ、そうしてくれ。三日間はよく見張れ。事をあせるな」

「承知！」


三日経った。デーボが帰ってきた。

「なんの出入りもありません。蜂が飛んでいましたが、やつらはいつでもどこでも飛び回っていやすから」

「それでは明日やるか」

「やりましょう。五人連れてきやす。三人は見張り、中へは二人連れて入りやす」

た。

「そうしてくれ」

翌日である。デーボ以下六人は、ほうほうのていで帰ってきた。中へ入った三人はさんざんな目に遭い、肩を借りて帰る状態であった。ボスは岩の下にいた。キビンも近くにいた。

ボスザルが声をかけた。

「デーボ、どうした」

「やられやした。ボス、申し訳ないっす。はめられたみたいで。途中、蜂が俺たちを追い越したが気にしませんでした。それ以外は何もありやしません。中に入っても変わったことは何もありません。食い物が奥に見え、それを取ろうと奥に入ったら蜂が大勢で来やがった。足下を牛の糞がうろちょろし、栗が頭をぼこぼこにしやがった。そして臼がぶつかってきやがった。しかも本気でだ。なんとか死なずに帰りやしたが、もう死ぬかと思いました。外の見張りは中でやられているのをまったく知らなかったというていたらく。うまくはめられたってわけで」

ボスザルは天を仰いだ。

「デーボ、すまんかった。俺の考えが甘かった。つい食い物に欲が出た。そんなに簡単に食い物が手に入るはずはなかった。デーボ、許せ」

「ボス、誰のせいでもねえっす。きやつらが悪いんだ。干し柿にわしも目がくらんだ。それに今日は家の中への入り方が甘かった。人間がいたときは用心に用心を重ねたのに、今はつい空き家だと思ってしまう。三日も四日も中で張っているなんて考えてもみんかった。面目ないのは俺の方で。次はうまくやりやす」

「次はあるまい」とボスザルは残念そうに言った。

そこへ細身で赤茶色のアシバヤが早足で来た。

「蟹が妙なことを言ってますぜ。揃ってつぶやいている。それが、敵を討った、敵を討った、て言うんです。どういうことですかね」

ボスザルがデーボたちを指して言った。「こういうことだ。悔しいがこの様だ」デーボは右手右足をやられ、痛々しかった。「デーボ、川で蟹を喰うのはやめよう。蟹の恨みを買ったに違いない。犠牲を出してまで蟹を喰うことはない」

デーボの見張りをしたマコトが、「ボス、食い物がないから川へ行ったのですよ。生きるためです。こんなことでひっこむんですか」と言った。

「マコト、われわれ猿は、どんなに食い物がなくても共食いはせぬ。それと同じじゃ」とボスがつぶやくように言った。

「なら、死ねということですか?」

「群れの全員が死ぬわけではない。猿の群れの生き方を忘れていた。デーボたちにすまぬことをした、と思っておる」

その日はそこで解散した。デーボたちは手当てを受けた。


翌日、岩の上にボスザルが立っていた。猿たちがいつものように集まっていた。ボスザルはデーボたちが痛めつけられたこと、川へ行くことはやめること、を皆に伝えようとしていた。痛々しいデーボの姿もあった。双子連れのスミレが心配そうにデーボの方を見ていた。

「みんな聞いてくれ」とボスザルが言いかけたとき、ユリリが走って来て、立ったまま息せき切って言った。

「ボス、キビンがいなくなりました。自分は群れを離れて一人で暮らす、そう言って行ってしまいました。ボスのことは尊敬していたと伝えてくれって私に言いました。走って行ってしまいました」

「いつだ」とボスがせいた。

「つい今さっきです」。そしてもじもじしながら「これを私にって」と、ほんの少しの食べ物を見せた。粗末なものがほんの少しだった。

アシバヤが飛び出そうとするのをボスザルが止めた。

「キビンはデーボたちに詫びたつもりなのであろう。それに群れの負担を少しでも減らそうとしたのでもあろう。あいつらしい。追っても追いつくまい。それに引き留めても帰りはしまい」

タケシが叫んだ。「やつは逃げたんだ。群れを捨てて逃げたんだ」

ボスザルがギッと睨んだ。

「キビンのことは俺が一番よく知っている。群れを見捨てるようなやつではない。デーボたちがぼこぼこにされた。それへ詫びたのであろう」

ボスザルは深呼吸して気を静めた。

「群れのことを一番考えてくれたのがキビンだった。オババ、オババもそう思うであろう」

「ああ、ボスの言う通りさ。群れによく尽くしてくれた。キビンはいい男だった。それにキビンはユリリが好きだったのさ。でも子連れに言い寄るような男じゃない。きっぱりしていた。最後に一目ユリリには会いたかったんだろう」

「そういうわけだ。ユリリ、その食べ物はもらっておけ」とボスザルは言った。

アシバヤが誰にともなく言った。「キビンを尊敬してた。あんなできるやつはいなかったよ。頼りにしてた。挨拶もなく行っちまうなんて、みずくせーじゃねえか」

デーボもつぶやいた。「俺はキビンが好きだった。俺がやられたのは、あいつのせいじゃねえ、俺はこれっぽっちも恨んじゃいねえ」

ユリリは泣いていた。ギンがそばにいてやっていた。

ボスザルが皆に語りかけた。

「みんな聞いてくれ、キビンはいいやつだった。彼なりに考えてのことだ。その気持ちを大事にしてやろう。皆、キビンのことを覚えていてやってくれ。俺たちにできることはそれぐらいだ」

デーボたちがやられたことは、あらためては、話されなかった。川へ行かないことに、という話もされなかった。ケンジャもシンも岩の上に登り、ボスザルの脇に立っていた。そして皆を見回していた。ボスザルが皆に帰るように促した。

その日はそれで終わった。ゆっくりと散りながら、隣同士で皆、話し合っていた。誰もがキビンの思い出を語っていたのであった。

10

蜂の群れが家に入ってきた。いつものように飛び回っていつものところに留まろうと思って、ちょっと戸惑った。いつも上にいる臼が今日は下にいたからである。とりあえず、いつものところに留まった。

「臼さん、今日に限ってなんで、上でなく下にいるんだい」

「おお、蜂か。猿をみんなでやっつけた。俺は猿の大将に上からぶつかり、ギャフンと言わせた。そこまではよかったのだが、考えてみると俺は人間がいないと上には一人では登れないのだ。それでここにいるわけだ。情けねえ」

「それで気分はどうなんだい」

「上の方が落ち着くが、仕方がない。ここにいるのに慣れるしかないな。いずれ家も朽ちれば俺も朽ちるんだから、どこでもいいやってところだ。しいて言えば、牛の糞がうろちょろするのが気になり、落ち着かねえが」

陰から牛の糞の声がした。

「俺だって好んでうろちょろしてるんじゃない。風に吹かれてやむなくだ」

臼が蜂に聞いた。

「ところで猿はどうしている。あの、やっつけた大将は生きているのか？」

「ああ、大将って、デーボってやつだが、生きてはいる。だが、右手右足は動かせない。もう再起は無理だろう。脳天を直撃していたらおだぶつだったのに。命があっただけありがたいと思えってところだよ」

「猿はどうしている？　あいかわらず蟹を喰っているのか」

「相当こたえたんだろう、川へは行かなくなった。もうここへも来ないだろう。でもボスはしっかりしている。群れをちゃんとまとめている。そうそう、キビンの野郎は群れからいなくなった。思ってたとおりさ」

そこへ栗たちが入ってきた。「大成功だったたな、蜂の話、われわれにも聞こえたよ。猿が参ったとなれば人間は帰ってくるだろうか」

臼が答えた。

「帰っては来まい。もうこりごりだと出て行ったんだ。こちらの状況がそう変わったわけでもない。それに、猿が痛めつけられたということも知らないだろう」

「なら、なんで俺たちは猿をやっつけたのだ？」

「それより、栗、お前さんたちに前から聞きたかったのだが、柿はどうしたんだろう。お前さんたち、栗は無事だということはわかったが」と臼が聞いた。

「木を引き抜かれてしまったことは同じさ。それでもわれわれ栗はこうして生きていられるが、柿はすぐ腐ってしまう。残っているのは干し柿だから死んだと同じさ。もう絶えてしまったのさ」

「人間は柿より栗を大切にしているように見えたが、そうだったのか」

「柿の木よりも栗の木の方が早く実る。人間は急いでいたから栗を大事にしていた。それに、栗はイガでくるまれているからやられない、実は保存できるから売りに行けた。柿は猿だけでなく、鳥にもつつかれた。だから干し柿にしても売り物にならない。それで柿は大事にされなかったのさ」

「なるほど、柿は死んでしまったのか。それで猿をやっつける仲間に入らなかったというわけか」

「柿と仲がよかったわけではないから、よくはわからないけど、柿は猿をやっつけてくれたって喜んでいると思うよ」。

　蜂も「それは間違いないよ」と言った。

「ところで蜂、蟹はどうしている。敵を討ってやったんだが、喜んでいるんだろうな」と臼が聞いた。

「敵を討ったって、喜んではいたさ。でもそれは一時だね。猿が来なくなったからもう安心している。げんきんなものさ、猿が来ないとなったらもう無関心さ。それに、もともと蟹は水の中や岩の裏にいるから猿に全部食われるなんてことはなかったんだ。一時必要以上に騒いだってことのようだ」

「てことは、俺が上から落ちただけで、俺だけが馬鹿を見たということか」

栗が言った。「猿を痛い目に遭わせたのは、よかったとわれわれは思ってるぜ」

蜂が言った。「猿をやっつけようがやっつけなかろうが、花が少ないことには変わりないよ。ぼくたち蜂にとっては何もない。人間が帰ってくれば、よかったってことにはなるけどね」

臼が言った。「おい、人間のことを言うのはよそう。猿も嫌われているが、人間はもっと嫌われていたんだから」

蜂たちが「牛の糞さん、お元気で」と群れて飛んでいってしまった。牛の糞は「お元気でなんて、皮肉か。俺はもうそう生きられないのに」とぽつりと言った。

栗は臼に「われわれは隠れて暮らすよ。お前さんはこの家で暮らすってわけだ。家が朽ちるまでだが」

臼は栗に「俺はそうだが、お前たちは猿に気をつけろ、いつ喰われるとも限らないからな」と返した。

牛の糞が「蜂も蟹も気楽なもんだな、蟹は川岸や浅瀬で、蜂はそこらへんで、なにがあっても自由ってわけだ。俺は運命に従うしかないのか」と寂しげであった。

その日の夜は風が吹いた。森の樹が臼に話しかけてきた。

「猿をやっつけたそうだな」「ああ」「それで人間は戻って来そうなのか」「戻っては来まい。もうこりごりと出て行ったのだから」「それは、お前さんには悪いが、俺たち森の樹にとってはよかった。人間がいればどれだけ切られるかわからねえからな。お前さんも元気でな。じゃ」

臼は自分がもう森の仲間でないことをしみじみと感じた。

11

猿たちにとって食べ物がないことは辛かった。でも遠くへ取りには行けない。川へも行かなくなった。子連れは藁にもすがる気持ちで秘密の場所に行っているようだった。食べ物など取れなかったが、「おっかさん」を思い出すと生きようという気が湧いてきた。

若い猿たちは食べ物を分配するシンに詰め寄った。「この群れの将来をどう考えているのだ」と言うのである。群れを支えているのは若者だ、それなのに食べ物の配分で考慮しないという批判であった。

ある日のこと、マコトがボスザルのところに連れてこられた。食べ物を出さなかったと突き出されたのである。ほんの少しの食べ物であった。集会ではなかったが、何人かの猿が近くにたむろしていた。トオルとタケシも心配して見ていた。

ボスザルがマコトに言った。

「規則は規則だ。そうは思わぬか」

「規則は守らねばなりません。けれども規則よりもまず法則を守らねばなりません」

「どういう意味だ？」

「すべてのものは自然の中で自然の法則にしたがっています。その自然の法則に従わぬ規則で社会を律すれば社会がゆがみます。競争をなくしたため長寿になった。長寿はいいことですが、それが今は過ぎています。人間が来る前はこんなではなかった」

「マコト、昔から長寿な者はおった」

「ボス、昔は誰も彼もが長寿だったというのではなかったのでは」

「細かいことは知らぬ。仲良くがこの群れのいき方だ。昔からそうだ。規則は規則だが、ほんの少しの食べ物だ。今日は大目に見よう。群れに誰か余計な者がいるなどとは決して思うな。そう思ったら群れはおしまいだ。俺の言うことがわからなければ俺が許さぬ」

「わかりました」マコトはそう言って頭を下げたが肩をいからせて去っていった。食べ物は置いていった。

オババが悲しげな顔をしてマコトを見送った。

翌日のことであった。アシバヤがボスザルのところへ飛んできた。

「ボス、オババがいなくなりました。どこへ行ったのかわかりません」

「いついなくなった」

「わかりません。カオリがオババがいないというので、オババがいそうなところを探し回りましたが、いません。カオリもいついなくなったかわからないようです」

「全員を集めろ」ボスザルが大声で招集をかけた。

「オババが見当たらない。手分けして探せ」ボスザルが命じた。

しばらくしてアシバヤが帰ってきた。

「ボス、オババは川で死んでいました。若いのが見つけました」

「どの辺りだ」

「少し上手です。水の流れがなく、水がよどんでいる淵のところです。木の枝が張り出しているところです」

「すぐ引き上げて運んでこい。どうしたのじゃろう」

「たぶん木の枝から落ちたのでは」

「事故か」

「かもしれません。あるいは自分から」

「わかった、詮索はやめよう。頼りになるオババじゃった。群れのことをよく考えてくれた。昔のことをよく知っておった」

アシバヤと若者たちはオババの遺体を運ぶために飛んでいった。猿たちは皆集まってきた。声を発する者はいなかった。カオリが泣き崩れていた。スミレもユリリも泣いていた。ケンジャが岩の下で目をしばたいていた。ギンがオババの遺体の方へ駆けていった。

「手厚く葬ってやろう」ボスザルが静かに独り言のように言った。ケンジャが指揮してオババは森の中に葬られた。カオリが花を供えた。マコトは「オババ許してくれ」と泣きわめいていた。そのマコトの肩をアシバヤが抱きかかえていた。デーボは動く左手で木の枝を持ち、やたらと地面を叩いていた。

ほどなく、皆は岩のところに集まった。ボスザルが岩の上に立っていた。

「みんな聞いてくれ。まだ話すには早いのだが、キビンもオババもいなくなったので、もうしばらく秘密にしておきたかったが話しておく。われらの縄張りに柿の木がある。場所も本数もまだ言えぬ。今日はあると言うことだけだ。オババが若木に気がつき、キビンに何の木か聞いた。キビンはそれを柿の木と知って、すぐに俺に知らせてきた。よその群れに隠しておきたいので、オババとキビンには口止めをし、キビンとアシバヤに警戒してもらっていた。今はアシバヤが見張っている。これからは若い者が柿の木を守ってもらいたい。まずは目立たぬようにだが」

子連れの女たちは泣いていた。マコトも泣いていた。

ボスザルが続けた。

「いいか、みんな聞いてくれ、オババは言っておった。食物がないというのはこんなものではない。だが、耐えていれば必ずよくなると。人間がいなくなって食い物に困るようになった。だが、人間が持ち込んだ柿の木が俺たちに残ったのだ。いずれ実る。希望が湧いてきた。オババとキビンが見つけてくれた柿の木を守っていこうではないか。われわれの希望の木だ」

誰の目にも涙はあった。だが何人かは手で涙を拭い、顔を上げ、ボスザルの方を向いた。

改作お伽話

かぐや姫

1

ミカドは目が覚めた。ゆっくりと上半身を起こした。その気配で「お目覚めでございますか」と声をかけ、お付きの者がそっと戸を開けた。一呼吸おいてから、ゆっくりと「今、覚めた、天気はどうじゃ」と応じた。

「まだ夜明けでございまするが、本日は晴れのようでございまする」

「晴れならば市中を見て回りたいものだが」

「おそれながら、おんミカドにおかれましては、むやみに市中に出るものではござりませぬ。まずはお水をお使いあそばして、そうしてお召し替えでございまする。すぐに朝餉はご用意させまする」

「そうして、いつもとまったく同じ一日か。退屈しごくじゃ。市中にはいろいろなことが起きていよう。それを見ずにいるとは、何のために生きておるかと思うぞ。これでは、生きていても死んでいても同じであろうが」

ミカドは布団から出て胡座《あぐら》をかいた。もう寝ないということをお付きの者にわからせるためである。

「おんミカドにおかれましては、めったなことを申されてはなりませぬ。ご自分お一人のお体ではござりませぬゆえ」

お目覚めということで、ミカドの部下の者も駆けつけてきた。

「ご機嫌うるわしゅうございまする」

「橘の皇子、マロはご機嫌うるわしいか？」

「どこかお具合でもお悪うございまするか」

「具合は悪うはない。退屈しておる。市中を見て回りたいが」

「それはなりませぬ。おんミカドであらせますれば」

「ならば、せめて市中のこと、何か知らせよ。マロが市中のことを知らぬでよいとは言えぬであろうが」

「承知つかまつりました。では、のちほど言上いたしまする」

ミカドは水を使い、食事をした。食事には係が五人も付く。ゆっくり食した。そして執務の部屋へ移動した。何百年も毎日同じことが行われていることに、ミカドはうんざりしていた。人は何代替わってもミカドとなった人間は同じことを繰り返しているのである。代々みんなそれによく耐えてきたものだと思った。執務の場では、ときどき人に会うというのが役目、それもあらかじめ何が言上され、どう応じるということは決められていた。そして言われた通りにするだけである。何もないときにも部下の者が何人かつめてはいたが、さしたる話があるわけではなかった。

橘の皇子が入ってきて、うやうやしく礼をした。

「おんミカドに言上いたしまする。宮中の者、市中警護の武者、貴族の面々に問うてみましたが、おんミカドの治世はすこぶるよろしきをえまして天下泰平、何事もございませぬとのことでございまする」

「天下泰平とはまた異なこと。宮中は泰平というならいざしらず、天下に何事もなしとは信じられぬ。マロには何も知らせぬということではないのか」

「滅相もございません。宮中の事、市中の事、天下の事、すべておんミカドにはご報告いたしております る」

「あいわかった。おぬしが、よほどおめでたいということであろう。なんぞおもしろいことがあればマロにも知らせよ。天下泰平はよいが、千人万様の都に何もないということはありえまい。ところで大伴の大納言はいかがしておる。位《くらい》だけ高くても政《まつり》ごとがおろそかでは困る」

「大納言さまは政務に励んでおられまする」

「それは信じ難い。天下泰平をよいことに大納言は馬鹿なことをしておるのではないか。大伴は勇気はあるが馬鹿をしでかすから油断ならぬ。大伴の大納言が何か馬鹿なことをせぬよう注意せよ。よいな」

「承知いたしました。しかと注意いたしまする」

「麻呂足《まろたり》の中納言は間抜けで心配じゃ。悪い奴ではないがなにぶん間抜けよのう」

「仰《おお》せのとおりでございまする」と橘の皇子は平服した。

2

竹取の翁は都から二里ほどのところに住んでいた。妻と二人暮らしであった。まだ、じじばばという歳ではないが「おじいさん」「ばあさん」と呼び合っていた。都を出て農家が点在する田舎道を通り、人家も畑もなくなった野原を少しいった山のふもとであった。

生業は竹細工である。山に竹を取りに入るのに便利なところにいた。屋敷は広かった。囲いはなく、辺りを自由に使っていた。母屋、竹細工のための建屋、竹の貯蔵の小屋、納屋、牛小屋などが近くにあり、野菜や花の畑が周りに雑然としてあった。小さいながらも茶畑や果実畑もあった。都との行き来は徒歩か牛車であった。

その日は荷が少なかったので翁は都から徒歩で帰ってきた。

「おじいさん、どうかしましたか。顔がいつもと違いますね」

「わかるかね、酒を少し飲んだ」

「あらいやだ、お酒なんか。それで竹籠は売れたんですか」

「ああ、竹籠は売れた。飲んだのはそのあとだ。自分の金ではない。飲まされたんだ。金はちゃんとある。心配するな」

おじいさんはその日の出来事を話した。ミカドがおられる御所に裏口から入って、竹籠を売って出てきたときである。数人の武者に囲まれた。「竹籠屋、用がある、ついてまいれ」と言われた。命を取られるかと思った。あり金は差し出す覚悟をした。すぐそばの酒処に連れ込まれたので、「命だけはお助けを」と思わず言ったら、「命など取らぬ、安心せよ。まずは飲め」と飲まされたという。

聞かれたのは御所で何を売ったかである。「竹籠でございます」と答えると「竹籠屋が竹籠を売るのは当たり前、ほかに何かを売らなかったか」と言い、飲めば死なぬという不死の薬を売りはしなかったかという疑いをかけられた。不死の薬を御所に収めるのはやむをえないとしても、少し残してこちらにも回せというのである。翁はそんな薬は、まったく知らない。正直にそれを言うしかなかった。

「おい、竹籠屋、特殊な竹からそのような薬が取れることはわかっておる。そちら夫婦はひそかにそれを飲んでおる、という話もある。御所に出入りしているのも、それがあるからとの話である。おんミカドがそれを所望なさるのはようわかる。なにご不自由のない御方、あと求めるものは不老長寿しかござるまい。しかし、われら武者は明日をも知れぬ身、不死とまでは申さぬ。せめて、命を少しでも延ばす薬があれば何としても手に入れたい。貴重なものであることはわかっておる。もし手に入れたらわれらにも回せ。御所の出入りはわれらが常に見張っておる。それを忘れるな」と放免された。金子を出されたが、「薬がないのにお金だけいただくわけにはまいりません」と断った。「遠慮はいらんのに、欲のないやつじゃな。早い話、竹から取った薬を持ってくればそれでよいのじゃ。いつまでも死なぬなどとは望んでおらぬ。武者であれば死は常に覚悟はしておる」ということであった。

翁にとっては思いがけないことであった。竹を取り細工をするのが生業、竹については知り尽くしていた。しかし、竹から取る不老長寿の秘薬など聞いたことはなかった。

「ばあさん、困ったものだ。あの武者たちはまた付きまとうだろう。都に行かねば竹籠は売れぬし、行けばまた薬をと迫られるし、怒らせれば命が危ういし」

「変なこともあるものですね。竹取はこれまでもずいぶんおりましたが、秘薬で長命な人など一人もおりませんね。私たちだってそう長くはないのに。なんでそんな風に思われたのですかね」とおばあさんは不思議に思った。

「わしも、お前も歳を取らぬ。何か飲んでおるに違いない、と評判なのだそうだ。歳も取っておるし老けてもおるのになあ」

「ほんとにそうですよ。おじいさん、ともかく夕餉にしましょう。次に都に行くまでにどうするか考えればよいことでしょう、今考えてもせんないことです」

「よい思案はないが、悩んでいてもらちはあかぬ。今日はくたびれた。ともかく食べて早く寝ることにしよう。いずれよいことを思いつくやもしれぬ。なに、こちらに落ち度は何もないのじゃし」

3

その星は月の向こうにあった。その星から地球は見えるが地球からその星は見えない。地球が満月のときは、その星から地球は特によく見えた。その星で小さな女の子が地球を見ていた。それも地球のある一点をである。母親が声をかけた。

「二の姫や、なんでそんなに地球を見ているの。いったい何を見ているの」

「かか様、あのおじいさんとおばあさん、見ているとおかしいの、二人でいるときと、一人になったときでは、まったく違うのよ。ほれ、今二人でお食事をしているでしょ、そのときは、このままでいい、なんて言いながら、おじいさんは竹藪では、子どもがほしい、と言うし、おばあさんは村のはずれの神社まで行って、子どもが授かりますように、ってお参りしているの。二人でいるときに子どもがほしいって言えばいいのに。それにね、あの二人、あんまりお話しないの」

「言わなくてもお互いにわかっているのですよ。二の姫は子どもだからわからないけれど、大人はわかっていても口に出さないことがあるんですよ。地球を見るのも悪くはないけど、なんであの二人ばかり見るんですか。あなたには関係のないおうちですよ」

「かか様、私ね、あのおうちの子どもになってあげようかしら」

「何を言うのです。この星の人は地球の人にはなれないのです」

「いいえ、絶対ではないわ。かか様にはお姉ちゃんがいるでしょ。あのおじいさんとおばあさんには一人も子どもがいないの。かか様はお姉ちゃんが可愛いんでしょ。私は二人目だからいなくてもいいでしょ」

「この子は何を言うのです」ぴしゃりと平手が二の姫の頬に飛んだ。

「どの子もみんな可愛いに決まっています。一の姫も可愛いけど、二の姫も可愛いの。一人いればいいというものではないの。親が子を思う心はそういうものです。たたいたのは悪かったけど、私がお前をどんなに可愛いと思っているか。もう二度と馬鹿なことは言わないでちょうだい」

その場はそれで終わったが、二の姫はその後もずっと竹取の翁とおばあさんを見続けていた。おじいさんは竹藪の中の小さな岩に必ず手を合わせていた。おばあさんは村はずれの神社にお参りしていた。お互いに相手がそんなことをやっているとは知らず、二の姫はかわいそうに思っていた。

「かか様、ほんの一時よ。私、あのおうちの子になってあげたい」と母親に言った。

「二の姫や、聞き分けのないことを言うんではないの。お前が行ったときはいいよ、でも帰るときはお前がいなかったときよりももっと悲しむのだよ。私はたとえ一時でもお前がいなくなれば気が狂ってしまうよ。ね、そんなことをすれば両方を悲しませることになるんだよ。わかるね」

一の姫は、五歳の二の姫よりも五歳年上であった。もう分別のある年齢であった。二の姫がかか様を困らせているので注意した。

「二の姫、かか様を困らせてはいけないよ。かか様が何を望んでおられるか、お前もわかるだろう。仲良くすることなんだよ」

「それぐらいわかるわ。だから、お姉ちゃんとかか様が仲良くすればいいでしょ」

「何を馬鹿なこと言っているの。かか様には私と二の姫が仲良くすることが一番なの。私とかか様でも、二の姫とかか様でもないの。お前がいなくなったら私とお前が仲良くすることなんてできないだろう。二人でいるから仲良くできるんだよ。そして、かか様はそれを見ていたいんだよ」

「私とお姉ちゃんは、どこにいても仲良しでしょう。だからそれでいいでしょ。私はね、地球に行って、あのおじいさんとおばあさんを仲良くさせてあげたいの」。

一の姫は二の姫がいくら言っても言うことをきかないので匙を投げた。

二の姫の「あのおうちの子になる」という気持ちは強くなる一方だった。それで、かか様は、どうなるかを言い聞かせなければならなかった。その星と地球とは時の過ぎる速さが違っていた。その星の時の過ぎる速さは地球の百分の一であった。ところが、その星の人が地球に行くと地球の人の三倍の速さで成長してしまうのである。また、地球との行き来は九歳までは親の意思でなされる。十歳になると自分の意思でなす。親が送った場合は地球にいるのが六年以内ならば星に戻せるが、地球に自分の意思で行けば二度と帰れないことになっていた。

「二の姫、いいかね、あのおうちの子になるとするだろう。行ったときはいいよ。だけど、お前はどんどん歳をとっていく。地球に二十年いれば、あの二人と同じ歳になる。三十年いれば追い越して先に死んでしまうんだよ。悲しませるために行くようなものだよ。私はお前と離れ、しかもお前が先に死ぬのを見るんだよ。私は泣き死んでしまうよ。そんなむごいことってないだろう」と言い聞かせた。

それでも二の姫の気持ちは変わらなかった。かか様は自分の意思で送り、自分の意思で戻すことを選んだ。

親が子どもを地球に送るには天道神様のお許しが必要であった。かか様は不本意ながら二の姫の希望が強いので地球に一時送ることを天道神様に願い出た。だが、「罪なことを」と許されなかった。二の姫は地球に行けぬなら死んでしまう、と駄々をこねた。それで、かか様はまた天道神様にお願いした。二の姫に死なれては元も子もないと、地球に六年以内で親が呼び戻すということでお許しが出た。その星と地球との行き来は、行くときも帰るときも地球が満月の夜と決まっていた。

4

竹取の翁は竹を取りに山に入った。いつもの竹藪にはたどり着いたが、その日はいつものようには竹を切らなかった。どうしても竹を選んで切るという気にならなかった。そうこうするうちに夕方になった。帰る時間である。帰ろうとするもののどうも足が家の方に進まない。そのうちに竹藪から出る気がしなくなった。月が出た。秋の満月で明るい。自分の意思とはうらはらになんとなく座り込んだ。しばらく静かな雰囲気にひたっていた。かすかに光っている竹が見えた。起き上がって、そちらの方に歩み寄ったが光ってはいない。少し先の竹が光って見えた。しかし、近寄ると光っていない。それを繰り返すと、いつも目印にしている岩、そっと手を合わせている岩のところに来た。

家に帰らなければならないのに逆の方向に来ていた。でも道に迷ってはいないので心配ではない。不思議なのは、帰らねばという気にならないことだ。もう深夜である。岩の根元を見ると布にくるまれた物がある。自分以外は誰も来ないところに何だろうと思ったら、なんと赤ん坊がくるまれている。持ち上げたら元気なようだ。あわてて元に戻し、辺りを見回した。子どもが欲しいと手を合わせはした、だが、それで赤ん坊が現れるわけはない。

赤ん坊を置いた者がいるに違いない。妙な嫌疑がかかるのを恐れた。岩から少し離れて見守ることにした。何事もなく夜はしらじらと明けてきた。

おじいさんはあらためて辺りを見回した。何の変わりもない。赤ん坊を抱き上げた。元気なようだ。不思議だ。少しも泣かない。それでいて元気に生きているようだ。このまま捨て置くわけにはいかない。おじいさんは赤ん坊を家に連れていくことにした。赤ん坊は布で何重にもくるまれていた。

不思議な日であった。竹を取りに来て一本も竹を切っていないのである。しかも、竹藪で一夜を明かし、どこの誰のとも知れぬ赤ん坊を抱いている。帰り道は恐怖であった。途中で「人さらい」ととがめられ、場合によっては刀で切られるのではないかとも思った。家に近づいたときには汗びっしょりで息も上がっていた。

戸口まで行くまでもなかった。家が近くなると心配していたおばあさんが駆け出してきた。帰って来るのが遅いので、事故にあったか、襲われたか、道に迷ったか、よからぬことが起きていないかと心配していた。おじいさんの姿を認め、無事らしいとわかって、おばあさんは安堵した。

「ばあさんや」

「どうしました」

「これを見てくれ、赤ん坊じゃよ、赤ん坊、元気な赤ん坊じゃよ」

おじいさんはしどろもどろになりながら、不思議な一日を話した。

「おじいさん、ともかく家に入れましょう。そして貰い乳ですよ。どうしたんでしょうね。そんな人気《ひとけ》のないところに赤ん坊が置かれているなんて。道の脇とか、神社の前ならわかりますけど。それに泣かない赤ん坊も珍しいですね。まだ小さいようだから、普通ならお乳ほしさに泣くんですがね」

おばあさんも昨日のことを思い出していた。おじいさんが竹を取りに出かけると集落のはずれの神社に参った。もうずいぶん前から続けていることである。子どもを授けてほしい、と拝んだ。ご利益がないことは、とうの昔にわかっていた。子どもは授からなかったのだから。今は習慣でやっていた。いつも鈴を二回鳴らして拝んだ。いつも、まったく同じであった。昨日もその通りにした。鈴を二度鳴らした。ところが、二度の後に少し間をおいて、もう一度鳴ったのである。自分しかいない。おかしいと思ったが、自分の鳴らし方がいつもと少し違ったのかと思い、深くは考えなかった。この赤ん坊と関係はあるのだろうか。口には出さなかったが、おばあさんは考え込んでしまった。

子どもがいないといっても面倒をみるのはやはりおばあさんの方であった。可愛い女の子だ。「これはくるみ過ぎですよ」と布をほどいた。そして驚いた。

「おじいさん、これは小判ですよ。それもこんなに沢山」

数えたら三十枚もあった。

「小判が三十枚、つつましく暮らせばわしら三人が一生過ごせるではないか」とおじいさんは驚いた。

この子を頼むという親御さんからなのだろうか。二人はいずれこの子のために使おうと大事に収めた。

少し落ち着いてから、おばあさんはニッコリ笑っておじいさんに言った。

「おじいさん、こんなことがあるんですね。ほら、赤ん坊ですよ。私たちの赤ん坊ですよ」

「私たちのとは言えまい。しかし、親御さんがいないのだから、わしらが育てるしかあるまい。育てる以上、わしらの子も同然じゃ」

「おじいさん、この子の可愛いこと。小さいのに笑うんですよ。私のこと、母親と思っていますよ。見て笑うんですから」

おじいさんが覗き込むとかすかに笑った。

集落とは少し離れているから、赤ん坊のことはすぐには知られなかった。元気な赤ん坊で、貰い乳も必要なかった。重湯を元気よく飲んだ。すぐ食べるようになった。育つのが早かった。普通の子の二倍なんてものではなかった。見る間に歩けるようになり、おばあさんのあとを追うようになった。子どものことはまだ誰にも気づかれていなかったから早い成長も不審に思う者はいなかった。いつまでたっても親は現れない。しだいに二人の子どものようになっていった。おばあさんにもおじいさんにもよくなついた。女の子は、三人でいたがり、三人でいるとよくはしゃいだ。

「おじいさん、この子を何と呼びましょうか。この子とか、あの子ではおかしいでしょう」

「親でもないのに、名前を付けてもよいものかどうか、この可愛らしい顔立ち、それにあの小判、どう見ても高貴なお方のお子、こんなみすぼらしい家の子にすることはできまいし」

「それなら、名前はなくて、姫というのはどうでしょう。姫と呼ばれるような家柄の子に違いありませんよ」

「それがよい、姫と呼ぶなら差し支えないし、ふさわしい。こう大きくなるのが早いのなら、もうすぐ姫君と呼ばれてもおかしくないようになろう。いずれ親御さんがわかればほんとの名前もわかろうから、それまでじゃ」

そうは言いながら、二人は本物の親御さんが現れるのを恐れていた。可愛らしい子がなついている。いつまでも自分たちの子どもでいてほしかった。

5

一年が過ぎた。おじいさんは山へ竹を取りに入った。その日もまた竹を切る気になれなかった。竹を切らずに夕暮れになった。

家に帰る気にもならなかった。一年前と同じである。

満月の夜であった。暗い竹藪の中で近くの竹がかすかに光っていた。近寄ると光っておらずその先の竹が光っていた。そうして光る竹を追っているうちにいつもの岩のところに来た。岩の根元に包みがあった。手に取ると中に小判が見えた。あわてて元の場所に置き、離れて見張ったが、夜明けまで何もなかった。おじいさんはその包みを持って家に帰った。おばあさんが飛んで出てきた。

「ばあさんや、また竹藪の岩のところに小判じゃ。一晩見張っていたが誰もいない。持って帰ってきた」。二人で包みをあけると小判は二十枚もあった。「去年の三十枚で一生暮らせるのに、さらにまた二十枚とは」と二人は驚いた。あの子の親御さんが置いたに違いない。ということはちゃんと育てているか見張っているに違いない。

「金子は子どものために使わねばな。竹籠を都に売りに行かなくてもよいためということではなさそうじゃ」

「そうですね。あの子には、おもちゃやお菓子を買ってやったり、美味しいご飯を食べさせたりしてますけど、女の子だからやっぱりきれいな着物を着せますかね」

「そうしよう。着物がよかろう。そのうち都に買いに行こう」

その日もおじいさんは山へは行ったが、遅く出かけて、早く帰ってきた。おばあさんは二の姫をつれて神社へ行った。お金のお礼参りのつもりであった。神社でお参りしていると可愛い女の子がいた。おばあさんが「お姉ちゃん」と声をかけたので、二の姫は一の姫も来たのかと驚いた。違う子であった。

「わたし？　キクというの、おキクって呼ばれている」

その子は小さな声で答えた。

「おキクちゃんね。いい子ね。この子はヒメ、わたしの家の子、友だちがだれもいないのよ、お姉ちゃんになってあげて」

その女の子はうなずいた。そしてニコッとした。おばあさんは二の姫のために持っていたお菓子を少しその子に渡した。

その星ではかか様と一の姫が地球を見ていた。

「かか様」と一の姫が話しかけた。

「かか様は、また地球を見ているのですか。それにしても毎日何度も見ておられる。それで、かか様には二の姫が見えるのですか」

「見えますよ。雑念をなくして見たいことに集中すれば。私の子どもなのですから、見えなくてどうします」

「それにしても、一日何回もでしょう。私のことはほったらかしで」

「お前をほったらかしだなんて、そんなことはありません。でも、地球は時が進むのが速いのです。しかも、二の姫は地球の人の三倍も速く育ってしまうんですよ。信じられないでしょうけど、あの子は行ったときは赤ん坊だったのに今はもう三歳に当たるんですよ。もうすぐ、ここにいたときの歳になるんです。そのころが一番親と子で通じやすいのです」

「向こうからも見えるの？」

「向こうからは見えません。だけど感じることはできるのです。だから今、満月の夜は月の方を必ず見ること、地球で十八歳になる前に戻ること、それを忘れないように伝えているのです」

「二の姫はどうしています」

ちょうどおばあさんと村はずれの神社に来ていたところが見えた。

「一の姫や、二の姫にお姉ちゃんができましたよ……よかったこと」

「お姉ちゃんができたって、二の姫のお姉ちゃんは私でしょう」

「もちろんそうです、でも地球でもできたの。少し年上のお友達よ、ほんの一時でも、一人では二の姫も寂しいでしょう。お友だちができたことを喜んであげなさい」

一の姫は釈然としなかった。


その夜、おばあさんはおじいさんに話しかけた。

「これも神様のお引き合わせですかね。姫にお姉ちゃんができたんですよ。村のはずれの神社で。ときどき神社に一人で来るっていう女の子。七歳って言ってたから、可愛がってもらうのにちょうどいいですよ」

「それはよかった。ばあさんや、その子と仲良くさせてやっておくれ」とおじいさんも喜んだ。

おじいさんは武者に会いたくないし、お金に困りもしなかったので、都や御所へは行かずにいた。竹籠の商いは都でないところで売れるだけで済ませていた。だが、姫に着物を買うとなると都に行かねばならない。

牛車におばあさんと二の姫を乗せて出かけた。都の中心には行かずなるべく都のはずれの方で済ませたが、姫があまりに可愛いらしい子なので車を止めるとみなが寄ってきた。

「こんな可愛い子ははじめてじゃ」「これはほんとうにお前さんの子どもかね」

「いやいや、わけありの、ちと預かった子で、ついこの前預かったのじゃが、この子の着物を買いにきた」とおじいさんはあいまいに答えた。

牛車が止まるところ、止まるところで、人が寄ってきた。竹取の翁の子のうわさは少しずつ都中に広がっていった。

6

それからまた一年が経った。二の姫は地球では六歳に当たるまでに育っていた。おじいさんはまた竹藪で迷い、岩のところで包みを見つけて持ち帰った。小判がまた二十枚入っていた。

「ばあさんや、これはいったいどういうことじゃ。親御さんには違いなかろうが、姿を見せずお金だけというのは。ここでずっと育ててくれということではなかろうか。そうなると少し家もよくせねばならないかのう」

「あまりぜいたくはよくないでしょう」

「わしらじゃない。姫にふさわしく、ということじゃ。思いきって少し家をよくしよう」

大工に頼んで少し建て増し手もいれてもらうことにした。二の姫も大きくなってきたので、着物もよいものをぜいたくに着せた。


その星ではかか様が地球を見ていた。

一の姫が「二の姫はどうしています」と聞いた。

「赤子のときはおとなしかったけど、もうすっかりいたずらっ子。おじいさんとおばあさんを仲良くさせようといたずらするの」

「どんないたずら」

「おじいさんが出かけるとき、おじいさんが背負う籠におばあさんの物を入れたり。竹藪でおじいさんは、なぜこんなものが、と戸惑っているわ。あの子は、おじいさんがおばあさんを忘れないように私が入れたの、って笑っているの。おじいさんがおばあさんを忘れるなんてことはないのにね、あの子はそれがわからないから。空《から》だと思っていた籠におばあさんの帯など入っていたらおじいさん、何だろう、と。そりゃびっくりしますよ」

地球ではちょうどそのころ、二の姫がおばあさんと神社へ来ていた。神社にお金のお礼参りであった。

「おばあさん、いつもお参りしていたでしょう。前に鈴が一回多く鳴ったことがあるでしょう。あれはね、天道神様が鳴らしたのよ」と二の姫が言った。おばあさんはギクリとした。おじいさんにも言ってないのにどうしてこの子は知っているのだろうといぶかった。

「天道神様って誰かね」

「一番偉い人。この世のことはなんでも天道神様が決めているの」

「この世で一番お偉いお方はおんミカドさま。それより偉い人はいないんだよ」

「天道神様が一番偉いのよ。私を送ってくれたのも天道神様なんだから。かか様から聞いたんだから」

おばあさんは「なんてことをこの子は言うんだろう。どこかにかか様がいるには違いないが、ここに来たときはほんに生まれたばかりの赤子だったのだから、何も知るはずはなかろうに」と思った。そしてつい「変な子だよ」と言った。

「変な子じゃないよ、だけど、いつまでもはいられないの」と二の姫は言った。おばあさんには何を言っているのかさっぱりわからなかった。

二の姫はいくらでも歩けるようになった。それで、おじいさんが山へ竹取にでかけると、おばあさんと二の姫は二人で神社に出かけるようになった。気晴らしになるし、おキクにも会えるからである。

その日も二人でまた神社に行った。

「おキクちゃんに会えるといいね」とおばあさんが二の姫に言った。

「お姉ちゃんに会えるといいね」と二の姫も言った。

しばらくするとおキクが来た。もう顔なじみであった。おばあさんがおキクを呼び、

「これをお姉ちゃんにあげよう。着物だよ、姫と二人お揃いで作ったから」と見せた。おキクは手を出さなかった。

おばあさんは言った。

「おキクちゃん、心配しなくていいよ。あんたのお母さんにはわたしが話してあげるからね。お母さんは今日はどこにいるの?」

おキクの母親は近くの畑にいるらしい。おキクの家は先妻が三人の子を残して病死した。そこへおキクの母親が子連れで後妻に入った。先妻の子どもは三人とも大きいので畑仕事

に出ていく。おキクは一人で家にいたり、畑にいたり、神社へ来たり、していたのである。畑のだいぶん手前で二の姫を待たせ、おキクを連れて親のところへ行った。

おばあさんは「おキクに着物を」と母親にことわりに行ったのである。

おばあさんは何度も頭を下げていた。おキクの母親も頭を下げていた。おばあさんは家族の中でおキクだけがもらいものをしたのではと、都で買ったお饅頭も渡していた。両家は離れているから近所付き合いはなかったが、二の姫とおキクを遊ばせるためには挨拶をしておいた方がよい。二の姫との揃いの着物をおキクの家族が揃っているところで挨拶ができ、うまくいったと安心した。おキクも大きな顔をして着られるようになった。

二の姫はおばあさんに聞いた。

「この着物、お姉ちゃんとお揃い、なんで同じものを着るの？」

「いっしょにいれば姉妹だって誰にでもわかるだろう。離れていても姉妹なんだって、お互いを思いだすだろう」

「でも、おキクちゃんはお姉ちゃんじゃないよ」

「お姉ちゃんじゃなくても、お姉ちゃんと思えばいいんだよ。そのための揃いの着物だから」。二の姫にはよくわからなかった。だがなんとなくうれしく、また、その着物を見るとおキクちゃんに会いたい、という気持ちがしてきた。

夜、おばあさんはおじいさんに報告した。

おじいさんは「よかった、よかった」と喜んだ。

6

ミカドのところに橘の皇子がまかり越した。

「おんミカドにおかれましてはご機嫌うるわしゅうございます」

「ご機嫌うるわしゅうなどないぞ。退屈しごくじゃ」

「おんミカドに言上いたしまする。市中に竹取の翁なる者、ときどき現れるそうにございます。うわさによれば、密かに不死の薬を売っているとのこと、どうせ嘘ものでありましょう。その者の正体を探らせております。かつては都によく来ていたらしいのですが、この一、二年は姿を隠しているようでございます。気づかれたと身を隠したのではと言う者もおります」

「竹取の翁とは何者じゃ」

「自分で竹藪に入り、竹を切り出し、竹細工を生業とする者でございます。山の麓で暮らしていると思われます。自分で作った竹籠を売り歩きます。この御所の賄場に出入りしたこともあると言う者もおります。奇妙なうわさが立っております。不死の薬なるものをつくり密かに売っているとの」

「不死の薬とは？」

「昔から言われております。飲めばいつまでも死なずに生きていられる薬でございます。それを唐まで求めさせたミカドもおられました。されど、まだ手にしたものはおりませぬ。その翁も、そのようなものを持っておろうはずはござりませぬ。世間を誑《たぶら》かす曲者でござりましょう」

「その翁、捕らえたのか？」

「いえ、うわさであって人物もまだ探っているところでございます。うわさだけで実在せぬのではと言う者もおります」

「不死の薬などにマロは興味はないわ。その翁にも興味はないわ。退屈をまぎらす薬はこの世にないのか。そのようなものがあれば所望いたすぞ」

　橘の皇子は頭を下げた。

「そのようなもの、いずれございますればただちにご献上いたしまする」

おじいさんの家に、いつぞやの武者たちが押しかけてきた。

「竹取の翁、御所には出入りしていないと思ったが、さては、入り口を変えておったな」

おじいさんがいて応対した。

「めっそうもない。あれ以来御所には伺っておりませぬ。都には参りましても御所の近くへは参っておりませぬ。それに不死の薬など、まったく知りませぬ」

「嘘を申すな。たいそう羽振りがよいそうではないか。都では評判であるぞ。竹籠屋風情が小判で払うなどありえぬこと。何か特別の収入があったに違いない。たかが竹籠屋、押し入り強盗のたぐいで金を得ることはなかろう。われらはやはり秘薬と睨んでおる。御所から口止めされ、特別の出入り口を使っておるのであろう。二年間まったくわれらに何の連絡もなかった。それで押しかけてきた。来てみれば家もたいそう立派ではないか。睨んだ通りじゃ」

「少し建て増しはしておりますが、あいかわらずの貧乏な生活で」

「嘘を申せ、高価な着物を惜しげもなく買っておるとのこと。調べはついておる。それに、この立派な建物、竹取風情の家ではなかろう」

「それは、わしどものではなく、子を預かっておりますので」

「どこの誰から預かったのじゃ。確かに女の子がおるとは聞いた。それが普通ではないそうではないか。あの育ちぶり、秘薬でもあろうとのうわさもある」

「おじいさん、どうしたの」と二の姫が顔を出した。その可愛さに武者どもは圧倒され、すぐには声が出なかった。「この人たちは誰。何をしに来たの」と睨みつけた。

武者たちはその子がただ者ではないと感じ取った。その親がいずれ自分たちの無法を知って成敗に来られてはと尻込みした。

「どこの誰のお子じゃ。どう見てもそちの子ではあるまい」

「私はここの子。おじいさんをいじめてはだめ」

子どものくせに目はしっかと武者たちに向けられた。小さいくせに生意気な口をきく。武者はどうしたものか困った。

「われらは二年待った。もう一年待つこととしよう。不死の薬、その間にわれらにも差し出せ。ただでとは申さぬ。手付けとして金子を置いていく。薬を受け取りしときは、この十倍を払う」と金子を出した。

「金子は受け取れませぬ。薬についてはまったく知りませぬので何ともなりませぬ」

「翁」と、武者たちはすごんだ。「どうしても受け取れぬというなら手付けは置かぬ。しかし、その可愛い娘に差し出すとなれば断る理由はなかろう。そのかわり、この金子はお子のために使うのじゃ。ゆめゆめ翁、己が飲むではないぞ。来てみるものじゃ、娘の着物を買っておるとのうわさは聞いたが、まさかこんな可愛い娘がいようとは思わなんだ。それを見られたのじゃ、今日のところはよしとしよう。一年経っても薬を渡さねば、また踏み込む。心しておけ」と武者たちは引き上げた。

都では竹取の翁についてさまざまなうわさが流された。可愛い女の子がいること、お金があること、竹から取った秘薬を隠し持っていること、それに奇想天外なことがいろいろと付け加えられた。牛車で買い物に出かけると黒山の人だかりになった。家にも、どんな子か見に来る者が後を絶たなかった。それで竹取の翁は家を塀で囲み、人を雇い、誰も近づけないようにした。出かけることはやめ、商人に来てもらうようにした。お金があることが知れ渡り、商人はわれ先にやって来た。

そして、おキクの母親が台所の手伝いにときどき顔を出すようになった。そのときはおキクもついて来た。二の姫は家からなかなか出られなかったので、おキクお姉ちゃんが来てくれるのはうれしかった。

8

またまた一年が経った。二の姫は地球の九歳にあたるまでに育った。二の姫の可愛さはいっそう増した。身体は大きくなったが、まだまだ子どもで、おじいさんとおばあさんにあまえてはいた。おキクの母親は見比べて、「どっちがお姉ちゃんかわからないね」と驚いていたが、おばあさんは、「姫が大きいのは体だけで、おキクちゃんがお姉さんなのは変わらないですよ。面倒みてあげてね」とおキクに言っていた。

満月のその夜、おじいさんはまた帰らず、翌朝早く、竹藪から二十両を持って帰った。おじいさんとおばあさんは、それをあの子のために使うのに迷いはなかったが、不思議な運命にほんろうされ、なにかこの世に生きているという心地がしなかった。

あの武者たちがまた押しかけてきた。家が立派になり、雇われた人までいるのに戸惑った。高貴な人の子どもを預かっているとなれば、むやみなことはできぬ。さりとて、どこの誰の子ということは知られていなかった。おそれ多い方のお子であれば、まったく知られぬということはあるまい。また、そうであれば、それらしきお供がいて、それなりの守り方、育て方をするはず。家を守る者はいるようになったが、竹籠屋が金で集めた百姓や町衆の出の者ばかりである。武者たちは考えた。目的は秘薬である。金でも女の子でもない。自分たちは正統な武者である。場合によっては女の子の警護に当たるために来たということにして、とにかく秘薬を探すことにした。

「翁に伝えよ。約束の一年が経った。よってわれらは参上した。通せと」

言うことを聞かぬと切るぞという剣幕には素人では勝てない。武者たちは力ずくで押し入った。また一段と豊かになっている。もう金では言うことを聞くまい。「連絡がなかったゆえ、屋敷を捜索いたす」と力ずくで調べることにした。さりとて、家中を探すわけにはいかない。台所、仕事場、材料置き場などを見て回った。二の姫のいる家の中までとはいかなかった。二の姫も出てくることはなかった。

「おい、こんなものがあった」と納屋を探した者が声を発した。甕《かめ》と竹の根の束が見つかったのである。透明な液が入り、そこに竹の根が沈んでいた。おそるおそる指につけてなめてみた。酸い味がする。「翁を呼べ」となり、説明させた。

「酢を薄めたもので、私が飲んでおります。あやしい物ではありませぬ」

「この竹の根はなんじゃ」

「体によいとされる竹の根でございます。酢に入れております」

「どれぐらい入れておくのじゃ」

「十日ほど入れておき、新しいのに替えます。十回ほど替えますとでき上がります」

「効能はどうなのじゃ」

「体によいと思いまして飲んでおりますが、そう目に見えて特別のことはありませぬ。飲んでいるのは、私一人だけです。それで置き場もこんな納屋に」

「子は飲んでおらんのか」

「飲ませておりませぬ」

甕は十個近くあった。翁が自分で飲んでいるだけであった。だが、武者たちは「これぞ秘薬」と三甕持ち帰ることにした。山積みされた竹の根の束も何束かだけ持った。ミカドに献上する物と思っていたから、その横取りはそう大胆にはできなかった。

9

さらに一年が経った。二の姫は地球の人の年齢でいう十二歳になった。すっかり娘らしくなった。おキクを「お姉ちゃん」と呼んではいたが、二の姫のほうが背は高くなった。ますます綺麗になり、都ではうわさで持ちきりであった。

おじいさんはまた竹藪から二十両を持ち帰った。

「ばあさんや。どうしたものかね」

「ほんとですね。あの子はどんどん大きくなるし、お金はどんどん増えるし、それに妙なうわさばかり立って、もう外にも出られないし」

「このままということはできまい。屋敷を建てよう」

「どこにですか」

「ここにだ。都に近いし、住み慣れたところだ。だが、あの子の家として、もっと立派にしなければ」

「私は今でもぜいたくだと思いますよ」

「お前ではない、姫じゃよ、あの子じゃよ。もういい娘になった。それで、あの子の屋敷を造り、われわれとは別にする」

「あれ、それは寂しいこと。あの子もいやがりますよ。いつも三人でいたいって言うじゃないですか」

「子どもは誰とでもいっしょにいたがる。でも、ばあさん、あの子はもう子どもではない。立派な娘じゃ。若い男が一目見たいというのももっともじゃと思うようになった。あの子はわれわれの子どもであるようにいつもしてくれているが、いつまでもそうはしておれまい。よい男を見つけて嫁がせることも考えねば」

「そうなるんですかねえ」

「そうなるんだ。わしとて、あの子が小さいままでいてくれればよいとは思うが、そうはいかない。それで考えた。しかるべき人に頼んで、名を付けてもらう。あの子とか姫とか呼んだりしているが、あの子にはまだ名前がないのじゃ。それで名前を付けてもらう。そしてそれをお披露目する。そのための屋敷じゃ。金はある。立派な屋敷を建ててやろう」

「それでどうなります」

「あの子を嫁にしたい、あの子の婿になりたい、という男が現れよう。もうそのような動きもあるようじゃ」

おじいさんはともかくおばあさんはほんとは気が進まないのだが、名の知れた神主を家に呼び、酒の席を設けて名付けてもらった。二の姫の美しさにたじろいで、神主はその役を一度は辞退したが、名前がないままでよいわけはない。酒も飲んだところで、思案に思案をし、「なおたけのかぐや」とした。なおたけは性格を表したもので、名は「かぐや」となった。高貴な家のお子であろうから、「かぐや」に姫を付けて「かぐや姫」と呼んでもよいということであった。

二の姫は、おじいさんとおばあさんの子なのだからと、二人が名前を付けたことは受け入れた。だが、縁組みの話は承知しなかった。それでも名付けの披露の宴は開かれた。誰々に誘われた、誰々に誘われた、と勝手に押しかける人が絶えず、宴は三日も続いた。二の姫はしぶってほとんど姿を現さなかった。それがかえって人の興味を引き、竹取の翁のところには「かぐや姫」という絶世の美人がいると都で評判になった。

婿になりたい、嫁にしたいと押し寄せる男は次々に現れた。しかし、かぐや姫は誰にも会おうとはしなかった。立派な屋敷になり、雇い人も増え、もう外から屋敷の中の様子を探ったりすることはできなかった。屋敷の外には野次馬がたむろし、身分の高い人も来るので、休憩できる店までできた。まさに門前市を成すかのようであった。

おばあさんがかぐや姫に言った。

「よい男と結ばれる、それが女の幸せだよ。お前が嫁に行ってしまえば私も寂しいが、ときどきは会えるんだから。お前が幸せになってくれれば、それが一番なんだよ。どなたかいいと思う人と会ってみてはどうなのかね」

かぐや姫はそうしたことに応じなかった。

「私は、おじいさんおばあさんのところに来たの、どこかへ行くためではないの。それに私はいつまでもはいられないの」

おばあさんは「おかしなことを言う子だね」と思った。不思議なことばかりだが、親からはまったく接触がない。だが、あんなに多くのお金を送ってくるのは、ここで面倒を見てくれということではないのか。それなら、婿を取るか嫁に行くか、がよいのではないかと思った。

おじいさんは困り果てていた。押し寄せる男どもが取り継げ、会わせろと迫ってくる。

かぐや姫はそれらに対してそっけない。「おじいさん。いずれ私はいなくなりますから」と言うばかりである。

「ばあさん、あの子はどうしたのかね、わしらの子ではないが、二人で育ててきた。わしらにはなついてくれている。そのなつきようは実の子以上じゃ」

「私もわからないんですよ。いなくなると言うけれど、親御さんは姿を見せないでしょう。身分の高いお人と結ばれるのがよいと私も思うんですがね」

「あのお金、あの美貌、今では高貴なお方が押すな押すなの騒ぎじゃ。嫁がせる手立てはうまくいったと思うのじゃが、当の本人がその気でないとなると。それにしても、この騒ぎはなんとかならんのだろうか。日に日に騒がしくなる一方じゃ」

10

さらにまた一年が経った。かぐや姫は地球でいう十五歳になった。

竹取の翁はまた竹藪から小判を持ち帰った。ところが今回は十枚であった。お金は余っているので、なくてもよいのだが、なぜ今回だけ少ないのか、おじいさんは考え込んでしまった。名前を付け、披露したことで親御さんが気を悪くしたのではないかと眠れぬ夜が続いた。おばあさんとて同じであった。

満月の夜を喜んでいたかぐや姫が、近頃は喜ばなくなってきた。おばあさんがかぐや姫に聞いた。

「お月様が出てもうれしそうな顔をしないね。どうしたんだい」

「なにも、なにもないの」

「そんなことはないだろう。お月見をしましょう、って言ったのは、かぐや、お前だよ。それが喜ばなくなった。おキクもそう言って心配してたよ。覚えているかい、小さいころおキクと揃いの着物、それを着て喜んでお月見したの。おキクとお揃いのお月見用の着物を作ろうか、そうすれば気が晴れるかもしれないね」

「ごめんなさい。いつまでもはいられないの。そろそろ天に帰らなくてはならないの。それでお月様を見ると悲しくなるの」

「帰らなければいけないって、帰らなければいいだろう。男どもがうるさいのはわかるよ。でもそれはそのうち収まるよ。親御さんから最近何か言ってきたのかい？　わたしたちには何もないが、お前に何か連絡があったのかい？」

「何かあったじゃないの。前から決まっているの、これまでも言ってきたでしょう」

「親御さんが連れ戻しに来るというなら分かるけど、天に帰るって言われても、そんなことありえないだろう。たのむから、そんなこと言わないで、ここにいておくれよ」とおばあさんは途方にくれた。

かぐや姫を嫁にという男は大勢いた。その中には高貴な方もいた。それは増えるばかりであった。とはいえ、かぐや姫を訪ねてきても門前払いである。大勢の供を連れているので、断られたからといって、すぐに引き上げる気にもならない。竹取の翁の家の近くのお店でそうした貴族がたむろすることになる。そこでたむろしているうちに、名乗り出た者同士が自慢し合い競い合いをするようになった。かぐや姫へ贈る品がどれだけ珍しく、どれだけ手に入れにくいかで、姫の心をとらえるということを競争で言い合っているうちはよかったが、それを実行してそれぞれが贈る品物を手に入れようという話になっていった。なかには、珍しい贈り物を持ってくる者もいた。

だが、かぐや姫は誰が何を贈りたいと言っても、一切受けつけなかった。

その星ではかか様と一の姫が地球を見ていた。

「かか様、二の姫はそろそろ帰るのでしょう」

「そうですよ、帰らなくてどうします」

「でも、うれしそうではないでしょう。帰ってくるかしら」

「帰りますとも。私の子ですよ。帰るという約束で天道神様のお許しを得たんですから」

「それならいいけど、帰りたくないみたい、なんだかかわいそうな気もする」

「なにがかわいそうですか。一日も早く帰ってきてほしい。それまで、私は気が狂いそうですよ」

そのかか様の思いは二の姫にも伝わっていた。特に満月の夜には強く伝わったのである。そしてその時期が近づいていることも強く感じていた。

11

ミカドは朝餉を終え、いつもと同じ執務の部屋にいた。橘の皇子がご機嫌伺いに参上した。

「皇子、なにやら貴族たちがおかしなことをしておるとはほんとうか」

「おんミカドに申し上げまする。特別変わったことはございませぬ」

「馬鹿な貴族もいるものだと評判ではないのか。大伴の大納言が命からがら帰ったそうではないか。馬鹿げたことに竜の首にある玉を求めて荒海に乗り出し、さんざんな目に遭ったとか。命こそなくさずに済んだらしいが、民の模範でなければならない身が、この世におらぬ竜などを求めて荒海に乗り出すとは、マロは見逃すことはできぬ。なぜそのようなことをしたか、調べて報告をいたせ」

「おそれながら、おんミカドに言上いたしまする。竹取の翁と申す者のところにたいそうきれいな娘がおりまする。その娘の気を引こうと男どもがいろいろ競っておりまする。御仏が使われたという石の鉢を持参した者もおりまする」

「そんなものが我が国にあるのか」

「御仏は天竺のお方、我が国にあろうはずはございませぬ。にせものでございまする。蓬莱まで行って手に入れたと、枝や葉は金銀で実は玉という枝を差し出した者もおりまする。贋作でございまする」

「その娘とやらがそうしたものを持って来よと申すのか」

「決してそうではありませぬ。言い寄る男は数限りないのですが、誰とも会おうともいたしませせぬ。誰にも興味を示さないようでございまする。男どもに何かをせよなどとは何も言ってはおりませせぬ」

「それはなぜじゃ」

「なんでも、自分はそう長くはいないからと申しているとかで」

「ならば、男どもがなぜそのような馬鹿げたことをする」

「自分だけが目立ちたい、娘の気を引きたいという競争心でござりましょう。燃えない毛皮を手に入れて贈ろうとして、唐の商人に大金をだまし取られた者もおりまする」

「放ってはおけまい。いかがいたす所存じゃ」

「貴族にはそれぞれ己の職務に励むようにとふれを出しまする。娘は何もしておりませぬゆえ、とがめるわけにはまいりませぬ。おんミカドに言上いたしまする。別の件でござりまするが、市中警護の武者が御所の警護の武者と偽っておりました。それゆえ調べましたところ、不死の薬なるものを隠し持っておりましたので召し上げてまいりました」

「そんなものがあるのか」

「にせものでありましょう。しかし、武者たちは、竹取の翁からせしめましたもので、本物の不死の薬と信じているようでございまする」

「どのようなものだ」

「学者に調べさせました。手作りの特別な酢を薄めたものに竹の根を浸したもので、竹の根は何度も取り替えるようでございまする。もし効能があるとすれば竹の根の出すものであろうということでござりました」

「竹は特別なのか」

「翁が山で採集するもので、一般のものとは違うようでございまする。珍しい竹ではあるようで、あの甕とあの束がそれでございまする。飲んでも毒ということはございませぬ」

「マロはそのようなものに興味はない。だが、その娘とやらは一度見たいものじゃ」

「身分の卑しい竹取の翁の娘にございます。と申しましても実の子ではなく、どこの誰の子ともわかりませぬ。おんミカドにあらせられましては近づけてよい女子ではございませぬ」

「貴族は近づいてもよいというのか」

「されば職務に励めとおふれを出しまする」

「貴族どもに馬鹿なことをせぬように厳しく伝えよ。おりもせぬ竜がいるなどという馬鹿がおっては、この国の先が危ぶまれる」

「ごもっともでございまする」


数日してまた橘の皇子がミカドのところに現れた。

「おんミカドに言上いたしまする。ついに死者が出もうした。なんでも、子を産む燕が持っているという子安貝は非常に珍しいもので、安産のお守りとして女子がほしがるもの。そこで麻呂足中納言がそれを取ろうと高いところに自ら登り、落ちて死んでしまいました」

「麻呂足中納言か、間抜けなことよのう。それで娘はどうしておるのじゃ」

「誰にも会いませぬが、己のことで人の命が失われたと大変嘆いているとのことでございまする。故人に哀悼の歌を送ったそうにございまする」

「その娘こそ災難じゃな。慰めてやりたくなるのう」

「馬鹿げた死に方をしたにもかかわらず、中納言さまは思いを寄せた女から歌を送られ幸せ者だと言われているようでございまする」

「ということは、まだ馬鹿や間抜けが出てくるということか」

「さすがに、死に方が馬鹿げておりましたから、娘をあきらめる者も出てきましょう。魔物に立ち向かって死んだというのならば、死後に歌を送られるのもよろしいが、身分あるものが燕の巣の中のものを取ろうとして落ちて死んだのでございまする。手にしていたのはなんと燕の糞だったそうで、家の者は世間に顔向けができないと、いっさい外との連絡を絶っているそうでございまする。それに娘が妙なことを言っているそうでございまする。もうすぐ帰らなければならぬと」

「実の親のところへか」

「それが妙なのでございまする。天に帰るなどと言うのだとか。竹取の翁も困り果てておるようでござりまする」

「いつ帰ると申しておる」

「秋の満月の夜だそうで、娘はもう泣いている時の方が多いそうでございまする」

「この世は退屈じゃと思っておったが、おもしろいこともあるものじゃ。天に帰るなどあろうはずもなかろうが、話だけでもおもしろい。それではマロも満月の夜は寝ずにいるといたすか」

「おんミカド、それはなりませぬ。おんミカドが世の戯れに惑わされたとあっては、この国の面目が立ちませぬ」

12

竹取の翁の屋敷では、かぐや姫が泣き崩れていた。

「おじいさん、おばあさん、ごめんなさい。私はいつまでもはいられないの。この家にいてほんとに幸せでした。よいこと、楽しいことばかりでした。そうだったということを、いつまでも覚えていてください。そうすれば私の悲しみもいくらかやわらぎます」

「かぐやや、お前は何を言っているの。親御さんはどこかにおられるのだろうから、その親御さんのところに帰るなら、決して悲しみはしないよ。お前のために喜んであげるよ。だけど、天に帰るなどと、お前は気でも触れたのかい。ここにいるのがそんなにいやなのかい。もう私も気がおかしくなりそうだよ」

「なあ、かぐや、男どものしつこさがいやなのなら、わしがしっかり守ってやる。囲いをもう一重作り、人も増やそう。お前の親御さんもそう思ってお金をよこしているに違いないのだから。おキクお姉ちゃんもいるではないか。気晴らしに、二人で遊んでみてはどうかね」

「おじいさん、おばあさん、前から決まっていることなの。どうしようもないの。いくらお話ししても、おわかりにはならないでしょう。せめてそれまで、楽しく過ごしましょう」

かぐや姫は、そう言うと、泣くのをやめた。今の言葉で自分が泣いていてはならないと気がついたのだ。立ち上がって縁側へ行った。おじいさんもおばあさんもかぐや姫といっしょに動いた。三人は縁側に座った。

かぐや姫は二人に言った。

「この縁側で、お月見をしましょう。まだ半月だけど、おいしいものでも食べましょう。私、楽しく過ごすようにします」

「かぐや、それがいいよ。お前が泣いていると私たちも悲しくなるよ。夕方までにご馳走を用意しましょう」

おばあさんはかぐや姫が泣くのをやめたのでほっとした。

夕方、縁側に月見の席が設けられ、三人は座った。月はまだ細かったが、二の姫は「この姿をかか様は見ておられるだろうか」と思った。この星へ送り出してくれたかか様は、私のことを心配しておられるだろう。こうして三人で睦まじく楽しくしている姿を見せることが一番よいのだ、なんでもっと早くに気がつかなかったのだろう、と悔やんだ。

その星では、一の姫が地球を見ていた。

「かか様、二の姫が見えますよ。楽しそうにしている。おじいさんとおばあさんもいる。二の姫はもう帰らないのでは？」

「そんなことはありませんよ」

「だってあんなに楽しそうにしている」

「それは、私たちにそうした姿を見せようとしているんですよ。それと、おじいさんやおばあさんを心配させまいとしているんですよ」

「どうしてそうだとわかるの？」

「母親ですよ、それぐらいわからなくてどうします。二の姫も地球で少し大人になったんでしょう。そういうことがわかる大人に」

かか様は、二の姫も辛いだろうけど、そうやってみんな成長していくんだよ、と心の中で思った。

10

屋敷に押し寄せる男どもは後を絶たなかった。かぐや姫がいなくなると言っていることはなんとなく伝わっていった。そのことがいっそう男どもを押し寄せさせた。その中には甕《かめ》と竹の根を持ち去った武者たちもいた。一段と囲いは高くなり、警護が厳しくなったため、中に入ることはできなかったが、なにしろ武者であり武器で身を固めている、竹取の翁を呼びだすことはできた。

「翁、姫がいなくなるというのはほんとうか」

「わかりませぬ、そうなってほしくはありませぬ。妙なことを申すなと娘には言っておりますが、いなくなる、の一点張りでございます」

「翁、心して聞け。そちの作りし秘薬、おそれながらおんミカドにご献上奉った。この家のことはおんミカドもたいそうご関心をお持ちじゃ。娘はいなくなりました、などということはあってはならぬ。それで、われらが警護いたす。いつ、何者が娘を連れに来るというのじゃ。それを知らぬと警護もできぬ」

「誰がどうということはまったくわかっておりませぬ。かか様との約束とは申しますが、それ以外は何も。満月の夜とはいつも申しますが、誰が連れにくるとも、どのようにともわかりませせぬ。たわごとでございます。天に帰ると言われましても信じられません。隠し事をしているのか、ともかく、私の方がもう気がおかしくなっております」

「月の向こうに帰るなど、あろうはずがない。誰が来ようともわれらは一騎当千の武者、満月の夜はここに来て警護いたそう。それまでまだ日はある、誰がどのように来るのかよく聞き出しておいてもらいたい」

「おんミカドさまがそのようなお指図を」

「おお、そういうことじゃ」

　武者たちはそうは言ったが、実際におんミカドさまがおっしゃられたのではない。不死の薬も献上したのではなく取り上げられたのである。おじいさんはそのようなことは知らない。家に入っておばあさんに言った。

「おばあさん、百万の味方じゃ。なんと、おんミカドさま自らご警護なされるとのこと。警護の武者さまたちが来られてそう申された。あとは、なるべくかぐやから詳細を聞き出すことじゃ。連れに来るのは、どこの誰か」

そう言いながらも、おじいさんの心には、それがほんとうの親であればどうしようもない、という考えがよぎった。


三人でいるときに、おじいさんは武者たちの申し出を話した。

「かぐやや、喜べ。おんミカドさまが満月の夜にご警護くださるそうである。おんミカドさまはこの世で最高のお方、親御さまでも勝てはせぬ、もう誰がどうしようと大丈夫じゃ。お前はずっとここにいられるよ」

「おじいさん、天道神様がなさること、おんミカドさまでも何もできませぬ。もう従うしかないのです。十五夜まで三人で静かに楽しく過ごしましょう。それが一番です」

おじいさんもおばあさんも、おんミカドさまの軍勢より強い相手は想像できなかったから、かぐや姫の言うことは理解できなかった。もう誰が来ようと大丈夫だと安心した。

警護の申し出は、あの武者たちだけではなかった。かぐや姫に言い寄ろうとしていた身分の高い男どもは十五夜の夜には手兵を率いて来る、あるいは差し向けると競争で申し入れてきた。

いよいよ十五夜、満月の夜となった。警護を申し出た者は昼間から集まり、てんでに警護の位置を占めた。屋根に登る者、臨時の櫓《やぐら》を建ててその上で見張る者もいた。あちこちに篝火《かがりび》が焚《た》かれた。松明《たいまつ》を掲げた武者が見回っていた。かぐや姫は一番奥の部屋に留めおかれた。雇われた警護の者が周りを固めた。おばあさんとおじいさんはかぐや姫の前に座り、身構えていた。

満月の夜だ。月は東からゆっくりと天中にさしかかった。星が燦然と輝き、さながら音楽を奏でているようであった。地上では天を焦さんばかりに篝火が焚かれた。警護の者たちの怒声が飛び交った。それ以外は特別変わったことはなかった。

すると、空にかすかに何かが見えた。小さくてよくはわからなかった。警護の者たちはそれを見逃さずにしっかかと睨みつけ身構えた。

そのときである、かぐや姫の体がふわりと浮いた。そしてすっと動いた。

前にいるおじいさんとおばあさんの肩に別れの挨拶としてそっと手をかけると、音もなく天空に昇っていった。身は透明になり重さはなかった。形だけがかろうじてかぐや姫であった。みるみるうちに小さくなり、やがて天空の小さく見える者たちと一緒に月の方へ行ってしまった。

刀や槍では何もできなかった。矢を射ることもできなかった。一瞬の出来事におじいさんもおばあさんも胆を抜かれ、しばらく立つことができなかった。警護の者たちも皆その場にへたり込んだ。

11

ミカドは執務の部屋にいた。何人かが仕えていた。橘の皇子が入ってきた。

めずらしくミカドが先に話した。

「昨夜の満月はさすがに見事であったが、昇り始めを見て、いつも通りの刻に床についた。気分よく、いつになくよく眠れた。泰平であるのう」

「おんミカドにおかれましては、ご機嫌うるわしく、なによりでござりまする。されど、おそれながら、市中は泰平とは申せませぬ、たいそうな騒ぎとなっておりまする」

「どうしたというのじゃ」

「竹取の翁の娘が夜中に天に帰ってしまったそうでございまする。娘を守ると警護の者が大勢いたそうでございまするが、何者かに化かされたようで何もできなかったと聞いております る」

「天に帰ったと？」

「さようでございまする」

「どのようにして」

「ふわりと浮き上がり、そのまま天に昇っていってしまったそうでございまする」

「あり得ぬであろう」

「あり得ないことでございまする。一人や二人であれば、だまされたか夢を見たかと思えまするが、何百もの人が同じ様子を見ているのでございまする。それで人びとは、あれはいったい何であったかと騒ぎ立てているのでございまする」

「皇子、そちはどう思うのだ」

「わかりませぬ、どうにもわかりませぬ、されど、こう多くの者が同じことを申すならば、それを否定はできかねましょう」

「どうすべきかのう」

「竹取の翁の申すには、娘は、天に母親がいるそうでございまする」

「あろうはずがない」

「そう思いまする。されど、娘が天に昇ったのを見たという者どもは天に娘がいると思っておりまする」

「仮にそうだとしても、天ではどうしようもなかろう。誰も天までは行けまい。このマロとて行けぬ」

「されど、このままでは民の中には天を恐れる者も出てきましょう。ということは、おんミカドよりも天を尊ぶ者が出るやもしれぬ」

「そういうことになろうかの、ゆゆしきことじゃのう」

「まことにゆゆしきことでございまする」

ミカドはめずらしく、その件についてはあいまいにした。いつもなら、報告されることもあらかじめ知らされていて、さばき方も知恵をつけられていた。だが、今回は家来たちの誰一人として何が起きているかさえわからないのである。


二日二晩床についていた竹取の翁は三日目になってようやく気を取り直した。そして、おそれ多くも警護をしてくださったおんミカドさまに娘を守れなかった親としてお詫びをせねばと考えた。

それで、御所に竹籠を売りに来たという口実で、おんミカドさまにお詫びすることにした。とても直接会える立場ではない。それでも、手紙であれば人づてにいずれは伝わるであろう。手紙そのものではなくても、書いた内容の幾分かは伝わるであろうと考えた。手紙に、健康のために使っている酢の甕と竹の根を添えることにした。不死の薬などというものではないが、すでに武者たちが献上している品、ご長命をご祈念するものであれば、いくらかお怒りも収まるかもしれないと思った。

後日、手紙と甕と竹の根の束は、幾人かの役人の手を経てミカドに届いた。得体の知れないものと手紙であるだけに、途中で適当な処理はできなかったのである。

「橘の皇子、翁はマロが警護に兵を差し出したことを謝しておるがどういうことか」

「は、調べましたところ、例の市中の警護の武者どもが御所の警護の者と名乗ってのことでありまする」

「武者がいても防げなかったということか」

「さようにございます。信じられぬことでございまする」

「して、娘がマロに感謝したともある。しかもその歌と言葉が添えてある」

「さようにございます。娘の警護におんミカドが兵を差し向けたということに娘はたいそう恐縮いたしたようでございまする」

「それで、喜んだのか」

「竹取の翁が、おんミカドがどのようなお方かよく教えたようでございまする。ただ、それでも帰らねばならぬということで歌を詠んだようで」

「マロも一度会っておきたかったのう。今となっては残念である」

「娘は誰にも会おうとしなかったとのことでございまする」

「橘の皇子、日本で一番天に近きところはどこじゃ?」

「はあ、天に一番近きところとは、一番高きところ、駿河にある山でござりまする」

「ならば、こうしようぞ。マロがその娘に歌を返そう。届けるすべはないからその山の頂でマロの手紙を燃やして煙とし天に届けるとしよう。その娘の長寿を祈念して、不死の薬の竹の根で燃やせ。民が疑心暗鬼となってはならぬ。天にいる娘がマロの長寿を願い、マロがまたその娘の長寿を願う気持ちを天に届けたとなれば、天をむやみに恐れることにはなるまい」

「駿河の山は日本一高き山。いまだ登った者はおりませぬ。もし登るとすれば命がけでございまする」

「御所の警護を偽ったり翁の秘薬をせしめたりした武者をそのまま放置するわけにもいくまい。罰としてその任にあたらせよ」

「かしこまりましてござりまする。して、おんミカドにおかれましては不死の薬はいかがいたしましょうか。翁からはそれ相当の量が届いておりまするが」

「甕の中の物は川に捨てよ。竹の根、すべて山の頂にて燃やせ。そしてその娘の長寿を願ってやれ」

「かしこまりましてござりまする」

何日か経ち、武者たちは都を出発すると必死に駿河の山に登り、頂上に達した。その頂上で竹の根に火をつけてミカドの手紙を燃やした。その煙は天に昇っていった。

12

その星では、かか様、一の姫、二の姫が地球を見ていた。一の姫が言った。

「二の姫、かか様は毎日ほんとに心配していたんだから。かか様に謝りなさい。あんたが勝手なことをするから。それに私もお前がいないから困ったのよ。お前が地球で私がこちらでは仲良くしようがないでしょう」

「もう済んだことですよ。二の姫には二の姫の考えがあってのこと、こうしてまた三人で過ごせるようになったのだからよいでしょう。それより、二の姫、今のうちに地球を見ておきなさい。だんだん見えなくなりますからね」とかか様が言った。

「どうして見えなくなるの」と二の姫が聞いた。

「まったく見えなくなるわけではありませんよ。でもいつまでも地球に気をとられていてはだめでしょう。あなたはこの星の人なのですからね。それに地球の人は時間が経つのが速いからすぐ変わってしまいますよ」

「かか様、おじいさんとおばあさんが竹藪にいる。あんな岩のところでお花を供えてお辞儀をしている。何をしているんでしょう」

「いなくなったお前のことを拝んでいるんですよ」

「どうして？　私はあそこにはいないのに」

「あの人たちはお前がどこにいるかわからないんだよ。それで、お前を見つけた場所をお前のお墓としたんだよ」

「かわいそう、私はここにいるのに。あんな岩を拝んでも意味がないでしょう」

「そういうものではありません。あの人たちにすれば、お前がいなくなった寂しさをまぎらわせるためには何かしないではいられないのです。あそこにお前がいると思えば気持ちも安らぐのさ。それに、私たちも、地球の人の心の中までは見えないけど、あのようにしてくれれば、おじいさんとおばあさんはまだお前のことを忘れないでくれているとわかるじゃないか」

「お月見もしてくださるかしら。そうすれば、私から見えるのよね」

「もちろんしてくださるさ。お月見はお前との思い出だから。でもお月見はいつでもできるというものではないだろう。きれいな満月が見られるのは地球ではめったにないからね」

「おじいさんとおばあさんがかわいそう。私、やっぱり悪いことをしたの、ねえ、かか様、おじいさんとおばあさんをおいてけぼりにしてしまって。だから帰りたくはなかったの」

一の姫が言った。

「二の姫、あんたが帰らなければ、かか様が悲しむよ。かか様はずっと泣いていらしたんだから」

「どうしたらいいの、何か悪いことをしたみたい。行かない方がよかったのかしら」

かか様が言った。

「おじいさんとおばあさんは、お前と会った方が会わないよりはよかったんだよ。二人だけでいるよりは、お前との思い出がある方がよかったと思うよ。何もかもがうまくいくなんてことはないんだから」

「おじいさんとおばあさんはどう暮らしているのかしら」

「お前が住んでいた屋敷は閉め切って二人で元の家に住んでいるね。おじいさんは山にいって竹を取り、籠を編んでいる。そのうち都に売りにいくんだろう。変わったのはときどき二人で竹藪の岩にお参りしていることさ」

「おばあさんは神社には行っていないの」

「もう行ってないようだね。子どもがほしいとは拝まなくなったのだろう。二の姫や、おじいさんとおばあさんのことは覚えていておあげ。三人で暮らしたんだからね。だんだんうすれてはいくけど」

「あ、お姉ちゃんがいっしょにいる」

「お姉ちゃんはここでしょう」と一の姫が言った。

「ううん、地球のお姉ちゃんのこと。お姉ちゃんがいれば、おじいさんもおばあさんも寂しくない、よかった。……かか様、あの高いところの煙はなに？」

「おんミカドさまが二の姫にお手紙を書いて、それを燃やしてくださったんだよ。おじいさんの竹の根の束で。手紙にはお前に長生きしてほしいって書いてあったらしい。ありがたいことだよ」

「でも、私、おんミカドさまって人、知らないの」

「知らなくて当然、とてもお偉い方ですからね。でもおじいさんとおばあさんはおんミカドさまがお前の長命を祈ってくれたことは喜んでいるだろう。それに、それでお前は地球では国中に知れてしまっているよ。地球ではお前を知らない人たちがいつまでもお前のことを覚えていることになるだろう」

一の姫が言った。

「かか様、私たちはこれからどうなるの」

「どうということはありませんよ。二の姫がいなくなったのはほんの二十日ぐらいでしょう。その間は寂しかったし心配もしたけれど、こうして元に戻ってくれたんだから、今まで通りゆったりと暮らしていきましょう。二人は私の子、仲良くするんですよ。二人とも可愛いんだから」


地球では、山の上の煙はその後絶えることはなく、人びとはその山を「不死の山」と呼ぶようになった。

今の富士山である。

作品説明

「改作お伽話」とは筆者が勝手に使った言葉である。どのようなものか、説明をしておく。

筆者が若いときに日本文学で好きであったのは、森鷗外、夏目漱石、芥川龍之介、中島敦である。いたって平凡で、初歩的である。もっとも印象に残っているのは中島敦の『名人伝』。そのストーリーに魅せられた。結論的に言えば、筆者はストーリーに興味があり、純文学はそれほど好きでなかったということである。

そうした筆者が友人から、太宰治の『お伽草紙』がすばらしいと聞かされ、話を聞いただけですっかり魅了されてしまった。読んだのはずっと後になってからである。読んでそのすばらしさに感動した。この「改作お伽話」は太宰治の『お伽草紙』があって生まれたものである。太宰治は太平洋戦争末期に書いている。終戦後ただちに出版されているが、戦時中に書きながら現在でも違和感のまったくないすばらしい文学作品である。そのことに驚く。

太宰は『お伽草紙・新釈諸国噺』（岩波文庫）の前書きに次のように書いている。

「高射砲が鳴り出すと、仕事をやめて、五歳の女の子に防空頭巾をかぶせ、これを抱きかかえて防空壕にはいる」「五歳の女の子が、もう壕からでましょう、と主張し始める。これをなだめる唯一の手段は絵本だ。桃太郎、カチカチ山、舌切雀、瘤取り、浦島さんなど、父は子供に読んで聞かせる。／この父は服装は貧しく、容貌も愚かなるに似ているが、しかし、元来ただものでないのである。／物語を創作するというまことに奇異なる術を体得している男なのだ。／ムカシ　ムカシノオ話ヨ　などと、間の抜けたような奇妙な声で絵本を読んでやりながらも、その胸中には、またおのずと別箇の物語が醞釀《うんじょう》せられているのである」

この「別箇に醞釀《うんじょう》された」というのが「改作」である。

鴎外、芥川、中島には古典を題材とした作品がある。これらは「改作」とは考えない。題材となった古典と関係なく文学作品として読めるからである。筆者が「改作」と考える例を三つあげておく。

一つは太宰の『お伽草紙』の四作品（瘤取り、浦島さん、カチカチ山、舌切雀）である。これらは、立派な文学作品であるが、お伽草紙の作品を知っていて読むことを前提にしているであろう。

二つ目は中島敦の『悟浄出生』である。『わが西遊記』の短編の一つである。西遊記では、もっとも性格が弱い沙悟浄が三蔵法師の一行を待つようになるまで、生き方を探し求めた過程を描いたものである。これは、中島敦の完全な創作でありそれだけで十分鑑賞に堪える文学作品であるが、西遊記の人物として読むと味わいは深くなる。

三つ目は清水義範の『苦労判官大変記』である。義経と弁慶を描いた短編である。この作品では弁慶が本物の義経で、義経はにせものである。そうすることで、義経と弁慶の有名な場面が見事に納得させられる。読んで脱帽である。この作品は義経と弁慶の物語を知っていることを前提としている。ご本人はパロディーだと言われるかもしれないが、改作の条件を満たしていると筆者は思う。

「改作」とは、

①元の物語があり、それが知られていることが前提である
②元の物語をそれはそれとして認めている
③元の物語を違った角度からとらえて膨らませる、あるいは欠けているところを埋める、あるいは新しい要素を加えることにより元の物語とは違ったものにする
④改作の仕方そのものでおもしろさを出す
⑤違った物語を生み出すことによって、元の物語に光を当て、全体として一段と輝いたものにする

というものである。
太宰治の『お伽草紙』は文学作品となっているが、筆者の「改作お伽話」は残念ながらストーリーを変えただけの代物である。

本書の本編は、読んで何かを感じていただければ、それが本来であり、すべてであるべきなのだが、何を書こうとしたのかわからないという場合を考えて、筆者の意図したことを記しておく。

「桃太郎」は、おじいさんは山に芝刈りにおばあさんは川に洗濯に、ということで始まる。流れてきた桃をおばさんが持って帰る。その桃から生まれた桃太郎は大きくなって鬼退治に行く。腰に付けた黍団子をほしいと言う犬、猿、雉を供にして鬼を退治し、金銀財宝を車に積んで帰ってくる、という物語である。歌にもなっている代表的なお伽話である。本来は親孝行物語なのであろうが、桃太郎のリーダーシップ、犬・猿・雉の役割分担、あるいは雉に象徴される情報の重要性など、その寓意性は今も評価されている。物語としては単純明快である。
筆者は、人間の社会はそれほど単純明快ではない、という物語にした。良い悪い、敵か味方か、をそうハッキリできないこともあるのではないかと。

「浦島太郎」は、子どもたちがいじめていた亀を助けた浦島太郎がお礼に竜宮へ招かれる話である。竜宮から帰ったら、浦島太郎の村はなく、お土産の玉手箱を開けると煙が出て、おじいさんになってしまう、という物語である。この物語も歌になっている。

お礼で竜宮に行ったにしては終わり方が理解しがたい。竜宮へ行ってよかったのか、よくなかったのか。そこで筆者はどのような生き方がよいかという物語にしてみた。

「猿蟹合戦」は、猿が蟹を一方的にいじめているのを見かねて、栗・蜂・臼（本により牛の糞も）が猿をやっつける物語。悪い強い者が善良な弱い者を痛めつけているところにヒーローが出現という物語である。だが、そう見ると「猿と蟹の合戦」というタイトルが合わない。そこで、筆者は人間を登場させ、文明と自然の相剋という物語にしてみた。

「かぐや姫」は絵本のお伽話であるが、「竹取物語」という古典文学でもある。竹藪で見つけた女の子が、おじいさんとおばあさんに育てられ、美しい姫となるが、月に帰って行ってしまう。絵本としての場面場面はよいが、全体で何を言いたいのかわからない物語である。「竹取物語」のかぐや姫は言い寄る男どもに難題を出すなど、性格はそうよいとも思えない。そこで、絵本の「かぐや姫」と古典文学「竹取物語」とのどちらとも矛盾しない、しかも美しい物語に仕立て上げた。そのため「住む世界による時間の速さの違い」という常とう手段を使った。ストーリーの改作はあまりしていない。

お伽話は昔から伝えられている物語である。時代によって修正は当然であろう。絵本では子どもを対象にしているが、大人を対象としたものも考えられてよいであろう。この本はそうしたことの大胆な試みである。

おわりに

一九五九年、同年代の仲間七人でグループ誌『水魚』を発刊した。毎年発行を目指したが二度も長期に休刊した。それでも現在まで続き、第二四号にまでなっている。本書の四作品は第一七号（二〇一〇年）、第一八号（二〇一一年）、第二〇号（二〇一三年）、第二一号（二〇一四年））に寄稿したものである。『水魚』があったことが書く動機となった。良き仲間に恵まれたことをありがたく思う。

この四作品で一冊の本にならないかと文芸社さんに相談し、出版をお願いすることになった。いざ本にするとなると、欠点が目につく。担当者のご指摘やご意見をいただきながら、何度も手直しした。その分ご迷惑をおかけしたと思う。本書があるていど鑑賞にたえる作品になっているとすれば文芸社のみなさんのおかげである。心からお礼申し上げる。

お伽話は日本の文化財であろう。それに光を当てようとした「改作」である。一人でも多くの方に読んでいただきたいと切に願う。

二〇一七年夏　　著者

著者プロフィール

千里 元之（せんり もとゆき）

1937年４月　三重県生まれ
1962年３月　東京大学文学部卒業
　　　４月　大手新聞社に業務職で入社、本社、関連会社で事務職、営業職、スタッフ職、管理職を務め、2002年に退職

私立大学４校で「社会調査」「マーケティング」「メディア論」「現代社会論」を非常勤講師で担当、2007年に退任

現在、東京都在住

改作お伽話　桃太郎はじつは猿に裏切られていた⁉

2017年９月15日　初版第１刷発行

著　者　千里 元之
発行者　瓜谷 綱延
発行所　株式会社文芸社
〒160-0022　東京都新宿区新宿1－10－1
電話　03-5369-3060（代表）
03-5369-2299（販売）

印刷所　株式会社フクイン

ISBN978-4-286-18579-8